2020

中 国 年 度 散 文 诗 精 选

龚 学 敏　周 庆 荣 主编

成都时代出版社

烧中/一盏灯，亮着，我和你们的骨头被一次次唤醒/鞋子快磨破了底，这是我与尘世摩擦的方式/耳听虫鸣，心系大雪，真是趣味，意念与现实对立而统一/风每吹起一寸，黄昏就老掉一分。谁会是来年的太阳做我不败的对手/置身于空棋盘的罗列当中，天空像颓废的棋手沉睡在棋格的缝隙里/已经抵达一生的天涯海角。/不紧不慢，欣欣然陶醉于功成身退的幽期/一匹从不说话的马，一匹从不落泪的马。我们常常相对而坐/岩面，人的影子大麦一样晃动；万木挺胸出发，一排排如远古的将士，向着更远的北方/河水捧来一盏盏灯，把两岸的葵花地照亮/一颗在雪野的伤口上徘徊千年的流星瞬间划过/海上，那些狂放恣肆年轻的裸舞者们顿时黯然失色，终至于身心俱疲彻底地崩溃了/那是后北山错叠的倒影，在酒盏神秘的气息中晃动着/时间行经至此，正逢月光洒满大地，四野温存，天地寂静/触动了，挣扎了，欢娱了，迷乱了/树木即将吐出新鲜的绿，暮色中，柔软的风摸过我的脸，失望了/我看到了一滴透明的雨露，月光下两颗星星住进了一个琥珀/一颗裸露的种子，如何用有限的覆盖温暖自己哭泣的思想/面对大风，谁也没有说话。消失的黄昏，正重新回到我们中间/可以是呼唤，也可以是告别，但它们必须是飞翔中的声音/被灯火照亮的人们，用手遮挡着久已陌生的光亮，看不清他忧戚的面容木窗封闭了太多的年月，此刻，窗台上那把失去木柄的镰刀，又蜕落下一片铁锈/丽日南天下，微风吹拂中，跳起霓裳羽衣舞/人啊，在那条突然变暗的坡道上，你看到了什么/眼睛盯得时间久了，却发现它只是简简单单一个物体，只是不小心成了一块云而已/在心里栽花，人生才会有芳香/带着金子的成色，麦子的骚动，让天空失去，一片蓝调的冷色/此刻，秋霜染红，我不会因为时日渐冷，就在她的照耀中哭泣/，盘绣交织着远古的故事/常春藤攀爬的斑驳墙壁，张开无数只绿色的耳朵，倾听潮涨潮落/上帝怜爱的谷壑里饲养着一匹匹天底下最狂野最热血最劲健最勇猛的骏马/真正的名嘴能够咬得住所有的辉煌，然后，它的语言是启示般的缄默/笋的尖锐有一部分输给了斧的锋利，而它们的根仍然在继续努力/我把衣裳装满西风，只为从鼓起的事物里，找到披藏在故乡之下的哭泣/可以是爱，也可以是恨，但它们都应该有着多彩的翅膀/点燃灯火的人，被黑暗包围/叶绿素在枣树里游，梢头坠下青葱的冰旒/水杉芦苇，肥瘠相宜。一抹清辉浮动/这么冷的天，即便是有翅膀，我也不会飞走/没有任何事物高过生命，没有任何阴影高过爱情/禅坐于莲花之上的佛，早已洞悉我前世今生的善恶/我写过的诗，寂寞如野中蔓草/我不能把这告诉你们，不能把一个珍贵的夜晚消耗在星辰的燃

目 录

A-G

H–N

003

P–W

X–Z

【
A
I
G
】

村庄即景

油菜花摇曳着蓓蕾，在北国，没有大片的全黄，她成为一种花。

临近的两场春雨，一场主持桃花的葬礼，一场润湿草莓花的胎盘。如今，白色的细瓣撑开守望，绿油油的植株上是花朵的田野。

油菜花，仿佛是此时菜园中的一株向日葵，为草莓的花圃守卫站岗。

倒塌的旧墙习惯于倾听声音，自从抵达暮年，他便承认了苔藓的生长方式。木窗封闭了太多的年月，此刻，窗台上那把失去木柄的镰刀，又掉落下一片铁锈。分离的疼痛让年迈的身影拥有了感知，双眼微睁，几块石子坠入土里。

远处，风力发电的白色叶片悠闲地转着，黄土地中耕种的人们，如同散布在地沿上的几株小树，在风中为土地引来扎根的种子。

春暖村庄，燕子常常光顾河滩，与空中觅食的白鸽互致问候，偶有炊烟引动它们好奇的眼睛，即使远处的林中布谷歌唱到沙哑，也不曾赴约。

河水荡漾着粼光，渐哼出一支黄昏的小曲，等待麦浪与晚霞作别，村庄由一个童话蜷缩成一枚沉睡的琥珀，那些泥土的疲惫开始抽芽。

灯火点亮了人间，村庄是大地上的一颗星星，她不说话，一如那个表示赞美的意象。

原载于《上海诗人》2020年第5期

海北有椰树

椰子树的样子，在海北与海南岛似乎没有什么不同。

不过只要你的眼睛够尖就可发现：海北的不能结果。

隔着一道浅浅的琼州海峡，海北的椰树就撤销了天时地利。

偶然也有例外，也会难得地见到零星的果子。

个头很小，而且没有水分……

海北的椰子树，并不是自己的选择，而只是被选择。

怨天尤人有用吗？自暴自弃有用吗？

世上的事，总会有缺憾的，不总是心想事成的。

必须要明白这一点，难得的是明白了这一点。

只见它用高大的身躯与摇曳的叶片，美化着海滨的蓝天。

蔡旭作品

同白云碧海、朝阳晚霞，一起抒写诗情画意。

丽日南天下，微风吹拂中，跳起霓裳羽衣舞。

台风袭来时，傲然挺立，抒发百折不挠的豪情。

海北的椰子树，就这样告诉着自己，也告诉着世界——

结不了果，也可以有别样的美……

原载于《星星·散文诗》2020 年第 11 期

闲居偶得（节选）

1

在旅人眼里，每一个岛屿都是大海身上的亲情补丁，是谁？用扯不断的视线在缝纫？

9

雪一直下着，大地的苍凉，被捂进了柔和的棉被。

万籁俱寂。在记忆中点亮烛火的人，身后堆积起前世的枯叶。

是呵，从童年到暮年，中间一座桥，过了，风声才会慢慢平息。

雪呀，就要彻底染白一个人孤独的冬眠了！

11

扶不起来了，那座千年石桥的倒影。

一盏又一盏桅灯在昨夜的梦海里溺灭，出水的桨眼泪滴答，涟漪散开，水面布满时间的裂痕。

缝补，潜泳的鱼，从下游到上游，似在穿针引线。

16

春来时，为什么欲望也在一寸寸长高，而睡眠的成色却在一点点减少？

左边一枝焦虑，右边一枝多疑。

剪枝人笑而不语，手持香草，望着树林说：……花落知多少。

20

给了我沉浮，但不会给我深渊，给了我坎坷，从不会给我绝路。

这一片丘陵，这一条江——

用满坡高粱的火红、两岸菜花的金黄、五月石榴和四季鸟鸣，给了我身世，也给了我归宿。

给不了我高山显赫，也给不了我大海浩荡。

却给了我一生的丰盈和安稳。

21

独坐窗前，一杯咖啡泡淡了一个下午。

窗外，红绿灯频繁地换岗，人流来来去去，那朵浪花却一直没跳出水面。

街口的广告牌不动声色，表情漠然，只有扫过它的那目光时明时暗。

晚风忧郁，街灯灿烂。

起身离去，杯底的残液轻轻响起的一声叹息，谁又能听见？

23

一壶茶，炉火上沉思，旧年的影子从蒸汽里走出。

花开着浪漫的气息，落叶散发出古典的味道……

朦胧。隐约。一种暖，流淌在白发梦境。枕着这样的怀念，我能抵御风烛残年的孤寂，能抵御你说的那些冷。

27

屋檐下的燕子，已经叫不出我的乳名；青苔遍
布的院坝，做客的斑鸠，眼神空洞凄迷；

池塘里无根的浮萍，随风游荡不定，一如从这
里去了远方的人。

杯中茶，乡愁好浓。浓得化不开飘着炊烟的心病。

30

目光越过丘陵，天和地就一层层开阔。

是谁在暗中护佑，让眼前破开季节的沉默，化
作万朵青色火焰，让疏远已久的激情，安安静静地
燃烧。

解缆的船，张开双桨，默默抱紧一条大河……

原载于《星星·散文诗》2020年第10期

初雪。黄河及河西岸（外一章）

行侣把眼光从舷窗扔出去，让其闭合冥想

不管不顾的阳光，舔蚀着初雪及雪下的黄河、
雪下的河西褶皱。

行侣，以飞机掠过的天空为庙，敲碎心中的经文。

肥沃太阳黑子的后背。他邻座妩媚的女子是另
一个黑子。

我的孤门你何必敲响

母亲生我喊出最后一声阵痛时，父亲便用钢水
很好的剪刀，

剪断了我的脐带。

父亲是北方小镇上的居民，

他一定没有见过

放风筝的人儿手捉断线仰望空空天的沮丧，

可他知道——

把孩子的半截儿脐带和胎衣埋进大地深处，是掩藏，是解开羁绊。

昨天，我身上沾着异乡灰尘，
向年迈的父亲
讨要埋葬我半截儿脐带和胎衣的大地，
可他却说——
你乘坐国际航班的登机牌上不会留下我的指纹，
我的孤门你何必敲响。

原载于《星星·散文诗》2020年第9期

落叶收集者（外一章）

　　每一片叶子里都有一只眼睛。每一缕风里都有灯盏与楼房的凸角。

　　每一片叶子里都有缓缓散发的热。每一次离散都有无声的折磨与苦涩。

　　一片叶子就是一座森林，假如我爱。但是我无法像一只鸟那样发出呼唤。一只鸟的渴望，从来不被人类理解。我常常注视一只鸟，想起一个老去的女人，像疯魔了一样，用染了植物汁液的手，画出一片片叶子。那叶子在空中舞得妖娆，像一只只人的眼睛。

　　我在一条条路上捡叶子，把它们装在不透光的黑袋子里，这样它们就不会枯萎得那么快了。第二年，它在黑袋子里褪尽色彩，那异常美丽的红色与绿色纹理，已变得枯黄而易碎。我退出它的世界，在夜晚哭泣。

无限的天空

　　我在一片空蒙中寻找绿色的茎，从花朵到果实的辛劳和报偿。

我在空无一片中领悟早晨，在鸟儿的叫声中，爱与耐心，一点点消亡。

人啊，你要继续赞美那辛劳，等待那一声让你流泪的鸣啭。伸向高空的枝杈，转向漫游者的指骨。没有另外的道路，只有这曾被羽衣素色的鸟喜爱的天空，在一次次从不停歇的翻涌中，乌云一点点变白。

没有一种家园像我们曾经喜爱的那样，通往彼岸的可爱小径，已藏起了秘密的入口。

人啊，在那条突然变暗的坡道上，你看到了什么？

原载于《星星·散文诗》2020年第9期

追风筝的人（外一章）

从清源北路往前，走进了一家书店，书架上有一个追风筝的人。当手握住细线，纸鸢高飞，而风呼之欲出。

现在它如此自由。

抬头一看，我发现了天空晴朗，白云在头顶转悠，正好在一所高校的塑胶跑道上，一个放风筝的小女孩，像一只春燕，眉间跳跃着一抹明媚的秀色。

我，独自一人漫步，风筝成了意外的风景。

它让我回到了童年，很多时候，我好像是父母放出的长线。一旦手中的线断了，风筝，作为灵魂的寄托，找不着北，心中不免浮现一丝怅惘。

如果可能，我愿穿越。风仍无止息地使纸鸢更高、更远。在春天到来的一瞬，把自己提升到了新的境界，我看见它飞上去，像一位梦中的天使，翩翩，又极像是一幅若隐若现的画卷。

影 子

在清华园里照相。正午的阳光，显得很灿烂。背景是清华学堂，天很蓝，那棵大一点的木叶，正

崔国发作品

在返青。而坡屋顶的红色，十分鲜明。

这时，我忽然想起，刚在校史馆里看到的林徽因——"你是人间的四月天"。

恰好我来的时候，也是四月。我爱莺飞草长，也爱春和景明。

当然，还有我脚下的影子。一个叫作崔国发的诗人，到此一游。很多时候，我热衷于带着自己的影子，乐于被阳光倒映。但是这一次，朝圣似的——

却有一颗深受鼓舞而更加激动的心，和虽算不上炯炯但无比坚毅的眼神。

把自己的一个表情，和清华联系在一起。

作为一种见证，镜头定格，我仿佛听见了，树荫下的学子齐唱：自强不息、厚德载物——我多年前就听说过的校训，在学堂中被再一次重温。正如人间四月天的一缕春风，引人入胜。

我想，一个相形见绌的诗人，该怎样加持理想的姿态，重铸一具智慧的灵魂？

原载于《星星·散文诗》2020年第1期

悬（外一章）

深夜。听到地球在银河深处整理它的降落伞。

再过一会儿我的妈妈就要出现在蚕房。她有点着急，担心筐子里的桑叶喂不饱蚕虫。

再过一会儿星星就要破茧而出。我有点着急，听说雄星星爱了雌星星之后，

就会身首异处。头颅坠入大海，身躯浮成一粒草籽。

小酒馆

下雨了。

雨把我们扫进了这里。

时间漆黑。我希望我们黑得更彻底，更无耻，黑到亮出心底最哑的垂涎。

夜晚可以是鱼骨，丝绸和窗子扔出的诸国震颤中钟表落下美人，山水和歧路。

酒杯空茫，停在了炭中，这个城市玉兰开得仿若梵音。雨负责运送我们：

时有落花被贬，守着民国的陌巷，时有形骸。从楚国踉跄至今夜。

原载于《星星·散文诗》2020年第5期

旅行与陌生人（外一章）

一个人去巴黎旅行，活着全靠陌生人的善良。机场出来忘记带现金，慷慨的陌生人查一查汇率就帮我兑了；本来只是在街头问路，好心的陌生人竟一路送到巴黎圣母院；塞纳河畔穿过桥洞，一个抬头，桥上放学的中学生们热烈地招手，我也招手回敬——陌生人的善意格外动人。旅行的经历让我对于人与人之间瞬间建立起来的信任、友谊和善意重拾信心。

照妖镜

面对镜子都宣判，我对自己的身体爱惜中掺杂了不服；我还没有掌握"变老的艺术"。时间和年岁在我的心里恒定。大概没有人陷得如此之深，相信自己要活上一千岁。而我就是这样想的，一百岁不是人族的正常状态。

原载于《星星·散文诗》2020年第3期

戴潍娜作品

棕榈树（外一章）

这一棵，停留在云的末梢，因为提早来临的星星，它反而变得苍绿。

"在洛杉矶，沿着宽阔街道就会出现这些棕榈树。"你描绘的，像刚完成的一幅画，松子油味还未真正散去。

哦，不，它们就长在你靠海的房子前面，而不是遥远的、除了街道还是街道的洛杉矶。

现在你邻居跑来，抱怨它快盖过房顶、天快被撑破，同时跑来的，是一块被夕阳追过的云。

大段旁白后，我们回到各自住处。

沿着宽阔海岸，你那里出现了灰与红。我这边，是静静的柏杨，立在雨里。

角　度

刚才那片乌云还没完全散去，又有几小块被树梢刮擦过的云从边上凑过来。它们比之前更碎也更小，彼此衔着，即便形状不同也还是相互有所牵扯。

如果时间刚刚好，天空还会出现一些橘红色块，这很像在一幅成形的画上不小心撒了胡椒粉或是一罐新的颜料，它们深浅不一，混在一堆云里。

朋友家马桶上方一整块天花板需要重新刷过，为此特意钉了一个木头箱子，便于盛放油漆。

我想了很久，未能明白刷油漆跟钉木箱是什么关系。眼前这块巨大的云也是，看上去很老练，牢牢占据一个重要位置。眼睛盯得时间久了，却发现它只是简简单单一个物体，只是不小心成了一块云而已。

现在，我准备原路返回。如果沿弯道一直跑，高高的铁栏杆会挡住我，那里除了条状的栏杆以及偶尔冒出来的绿色外，什么也没有。

只有昂起头，才会看到有棵巨大的树在天上，而云，不知哪儿去了。

原载于《诗潮》2020 年第 12 期

一个夏日的早晨（外一章）

铃声还没响，二楼的教室已安静下来。端坐在一本书里，那些被勾画出来的关键词，次第亮了。

我认定，也要让孩子们认定。那些将出现在人生试卷中的题型，必须好好练习。比如怎样解决几何的逻辑关系，还有各种相遇问题。

窗外，凌霄开在狭长的木架上，天空蓝得多么新鲜。

万物有序，花努力活出自己喜欢的样子。《夜雨过湖心寺旧址》并不能在每个人心中都一样。但熟读与背诵，不仅仅是一种形式，在于潜心领悟。

阳光洒在远处的教堂，近处的屋顶。铃声途经我用心抄写的诗文。幽暗之心，渐渐明亮。

校园的早晨，还有如瀑的鸣叫，像一种遥远的回忆，带来清凉和神秘。

孩子们像小鸟一样欢快，飞进，又飞出教室。

树上摇曳的憧憬，一朵朵饱满。合上课本，深呼吸。夏日，早晨。河流淌着梦境，旗杆挺立着理想。

此时，无声胜有声。

办公室哲学

又带毕业班，新的办公室。

墙上张贴着教师守则，桌上是教材、备课本和教具。一盆绿色植物在固定的体制里。

有条不紊。备课、批改、辅导，写教学心得反思，找孩子们谈心。

偶尔也与同事提及柴米油盐酱醋茶。

在心里栽花，人生才会有芳香。

教学也像一方古老的石磨，慢慢碾，才能闻到香气。不把信念掐掉一截，也不在薪水之外，盘算收入。

想的是如何让唐诗和宋词的意境，在课堂内外延伸。

想的是如何把自身的光芒，投射到春天的心田。

把血液输送，好让他们有策马扬鞭的力量。做一棵思考的芦苇，做一株低垂的谷子。孩子们也不例外。每一匹马都是千里马。

星辰在师生的眼睛里有同一个梦想。

办公室的门，为幸福的日子打开，作业本堆砌的桌子构成对理想的另一种表达。

原载于《星星·散文诗》2020 年第 1 期

风荷作品

水墨涅槃（节选）

——读晃海系列国画《梦回故里》

1

不是你的笔墨干枯。

也不是那一年，你在神游之中，一手推远身后的秦岭，穿过的渭河干枯。

梦回故里，你看见大地投下，千年的身形，还在一堆黄土，抹不开的色泽里，世世代代，雕塑陨石一样的面孔。

沟谷里，没有一丝，能滋润天空的水声。

神灵走远的路上，苍茫的人，转过身来。

丧乱的风，刮过土塬的上空，可以吹绿坡地里的麦苗，也可以吹活，窑背上的枯木。而被刀斧凿过的，人的脸面，不是风能随意修改。

重过金属的大地上，你用洗练的水墨，提炼阳光。

带着灵与肉，我在你泼洒给故里，高贵的墨色里，读到的声音，像从黄土地心，击打而出。

3

黄土在塬上，带着稀疏的草木，从一面陡坡上漫漶下来。

被压迫在，大风吹过的坡下，一片村庄，深陷在黄土里，也像带着古老的风水，一路漫漶下来。

柴门土窑里，有人间的寂静，也有烟火上升。

落尽枯叶，树木抬高村庄，也让深陷在黄土里的人家，露出干净的面目。而每个，可以放下身体的夜晚，是活着的人，向泥土的一次退缩。

这样的村庄，多数已经消失了。

那些在原地，活得长久的，轮廓更加硬朗。

9

一场收麦的大戏，正在渭河率先黄透，自己的平原上演。

带着金子的成色，麦子的骚动，让天空失去，一片蓝调的冷色。

大块汹涌上来的，云朵下面，收麦的人，匍匐在麦子，卷起的波浪里，他们的筋骨，碰得大地，在无数把铁打的，镰刀上抽搐。

割倒身边的麦地让风进来，吹去扎进肌肉里的麦芒。

也让风，带着遍地麦香，到天上去，放下一年的祭祀。

这个时候，不能抬头。

不能让众神手中的麦子，从身后赶来，夺走卷刃的镰刀。

一场人神，共演的收麦大戏，在水墨里，被简化成两个人。

原载于《星星·散文诗》2020年第9期

秋思（外一章）

夏日的蝉声渐渐衰微，敛起的薄翼不再颤动。

牵牛花擎起蓝色的杯，将炎热的汗水一饮而尽。

新生的竹叶子，随意地伸开湿润的手指，悠长的一泓水，从她的指尖滑下了清凉的秋。

秋天是身心净化的季候。

一湖静静的秋水，睁开了智者的眼眸。

澄澈、透明、淡雅、宁静。

秋水在沉思：春日的温暖与明媚，夏天的热烈和袒露，冬季的冷冽和严酷。

秋天是成熟的季节。不仅有满坡金黄的稻谷，枝上累累的硕果，墙头珠玉般晶莹的葡萄，而且有对人生、世界，以及生活的哲思。

秋天是思想升华的季候。

叶子一点点旋落，树影稀疏，不会再有浓重的黑影，覆盖在秋水上了。

鱼们款款地游来，吮吸洁白无瑕的云的投影。

恋者坐于水边，望那菰蒲深处，可有那踽踽而至的倩影？

望穿秋水，伊人终将来到你的侧畔。

秋水是爱情成熟的季候。

野　渡

松柏无言，守护着一湾秋水，黑黝黝的投影。覆盖了无人的渡口。

静静的河，落入阴影。落入梦幻。

河那岸，古铜色山壁屹立着永恒的庄严，山坡下荒凉了的土地，呈现出色彩的饥饿。

人呢？

所有的茅屋，全都熄灭了灯火。

野渡无人，摆渡的船只，依然在摇动着，悠悠，悠悠。

水悠悠，船也悠悠，

夜暗如许，谁还会来坐这渡船？

静静的河面，像一块磨光了的石板——蓝！

蓝是一种凝固的幽暗。

有风掠过。从什么树上吹落的残花，一瓣，两瓣，成为唯一的渡者，会向何处漂泊？

原载于《散文诗》（上半月刊）2020年第1期

耿林莽作品

沿途（外一章）

沿途，如同一部鲜活的剧本。

——青碧的草木，灰白的街道，落魄的流浪猫。它们会说话。声音低低的，独白。

人间世相，纷纭多变，若白云苍狗。

玉兰上那颗露珠，绝非昨天的。它有洁净的容貌，崭新的呼吸。

那枝栀子花，比昨天繁盛了些，它的笑容，愈发明艳动人。

昨天，我凝望了很久的一朵云，已不在原来的位置；它灵魂未灭，在另一个地方，持续洁白与轻盈。

沿途，我也是其中一部分。

我有明亮的眼，素洁的衣，有诗书可伴，常写字娱己。

清晨，当我经过一株白花夹竹桃时，我停了下来。

她们鲜活生动，每朵都不卑不亢，倾城颜色。

那么多枝丫，上面坐着诸多白裙姑娘，韶华美好。

蹲在它身边，久久凝视。有几瓣飘落在地上。像我，青春渐逝，有零落之美，也是好的。

买　菜

慢慢走着——

菜场拥挤。面庞黢黑的大娘,眼里透着精明。瘸腿大叔憨笑,像棵呆头呆脑的大白菜。人丛里钻来钻去的小男孩,穿着他妈的紫衬衫。

卖鱼小贩,拎起刀,啪,把一条鱼拍晕。

青菜青,白菜白,紫菜紫,红菜红,黄菜黄。

四处叫嚷喧嚣,喊声高亢,骂声凄厉。

整个菜场,像一大锅烩饭,饺子,面条,馒头,稀粥。

一扇扇刚杀好的肉,红的白的,挂在铁钩子上,晃来晃去。

老板坐在肉摊边吃饭,呼呼噜噜,一碗蔡寨罐饺子。脸上一块一块横肉,和铁钩子上的肉相映成趣。

卖干果的女人老了,干果一样空瘪枯皱。她身边,一个带篷子的婴儿车,婴儿亮晶晶的眼,脸蛋儿上覆着细细的茸毛,青桃儿般鲜嫩。

菜叶遍地。空中飘浮着各种异味。腐烂的水果堆在路边。

空空的钱袋子。胀鼓鼓的腰包。漆黑锃亮的皮鞋慢慢踱着，劣质塑料拖鞋步履匆匆。偶然发现，一个小贩的眼神像两只空空的碗，空碗朝天。

原载于《星星·散文诗》2020 年第 11 期

很久以前的月亮

月亮是很久以前的月亮，窗是现在的窗。

晕眩症患者坐在疲惫的阳台上，晾晒刚刚汹涌过的口腔。无法再吐出什么，包括语言，在寻找她的路上陷入蛮荒。

大地除了踮起的脚尖一无所有。脚步逐渐平缓，默然接受自己的命运。

语言看见了天空，天空如滤镜，弥补人间的缺漏。它变换着颜色，流荡着云朵，云朵摸索着小月亮。

月亮，是被天空抓住的一枚纽扣。这本应挂在女人衣襟上的秘密的开关，现在弯曲着，苍白着，躲闪着。

祈望之于失望多么相像。找不到手指的天空，丧失了温暖的抚触，只有轻浮。

真切的鞭子抽打着虚妄的余响，尾音如潮。习惯晕眩的人呀，蓦地站了起来，像沙滩上站起一棵草。

一切都在摇晃，她慢慢扶住自己的手和头颅。

原载于《上海诗人》2020 年第 4 期

我生来就离不开河流的照耀

惊蛰小雷。我必须承认娘胎的战栗，有一条河流让我清醒，让我找到追根溯源哭啼的原因。

一寸寸不甘闪电的痉挛，所照耀的出口，是整个上午的生产。我从河流的呐喊中听到这个世界幸福的所有。他们一个个出来，多数在秋天修成正果。

而我，是唯一在惊蛰中醒悟的蛇。从那一天起，我所牵手的弟妹注定四散分离。他们属羊、属鸡、属牛……都在这条河里，沾染上流淌和迁徙。

尽管我们有许多相似之处，但因为属相不同，性格迥异；或因为前世的因，带来这世的果，才在命运中分出高低。

但我们是善良的、孝顺的、忠诚的……就像今天，我们走得再远，只要河流病了，都会不畏险阻，从远路上回来站在岸边，接受她的照耀。

她弯曲的脊背，因岁月冲撞疼痛的腰腿，所派生的旖旎，因为我们的孝顺和虔诚，肯服下的一盅盅中药，让她的眼睛老了也是明亮的，也能看清我们的脸，交出她一生纯粹的财富。

此刻，秋霜染红，我不会因为时日渐冷，就在她的照耀中哭泣。他们也不会因为河水干涸而痛心疾首。

因为泪水再多，也换不回河流的恩情。除了一忍再忍，这条河流才会幸福地照耀我们，跟着她跑完奔流的前程。

原载于《上海诗人》2020年第6期

【H-N】

阳光小镇（外一章）

如果时间充裕，这个深秋的下午，我想步行去阳光小镇。

路边的狗尾草，在阳光下自由摇曳，像守护在小镇的犬吠。

我还想对尚未枯去的草木说，在暖暖的阳光下慵懒，是所有漂泊者最羡慕的场景。

山脚下只见三五户人家，这是真正的小镇，连门前的绿色盆栽，都是静的。

当时间走进暮色，一盏灯一盏酒，加三五知己，足以支撑诗意的人生。

上堡印象

侗寨，树荫，溪流，以及木板屋的格子窗，窗前悬挂的灯笼，都是属于上堡的方言。

铭刻于磐石上的图腾，盘绕交织着远古的故事。

好似神秘有了重量，光阴也有了重量。

鼓楼，自成一体，摆脱了风雨的纠缠。

空空落落的戏台上，只有夕阳的影子晃动。

当携来的玫瑰花瓣，铺开如水的晨曦，小镇初绽的娇媚，恰似黎明的新娘。

原载于《天山时报》2020 年 8 月 22 日

海叶作品

海的右边

海在左边，我在右边。

闭上眼睛便有万马奔腾，百万壮士在黑暗里呐喊、奔涌。

亘古的荒凉从海的深处向霓虹灯点亮的城市蔓延……

潜伏的海草在骚动，以及马蹄螺与斑纹贝，也在泥沙里吐水伸舌。

这些都不是鱼的愿望，它们在浑然的海水纹理上，分辨潮流的方向；

而礁石上还留有一个时代的海蛎壳，那样的海湾不是它们想去的地方。

我在海的北边，深吸一口蓝，便是南。

常春藤攀爬的斑驳墙壁，张开无数只绿色的耳朵，倾听潮涨潮落；

于是，房间里的地板便洇出了海的版图……

无梦的枕上，汹涌着波涛的呼喊。

海岸线将海的姿势，描绘出母性的阴柔；

画梦人笔下的海浪，有达利式的乳房抽屉吗？

拉开看看里面，夜的黑度是否深过海洋？

原载于《青岛文学》2020 年第 3 期

韩嘉川作品

酒后，关于诗（节选）

8

在一座宫殿前，我们无须辉煌。

辉煌的宫殿，仅仅只是宫殿。

我们所要做的是用一种勇气来摧毁宫殿。

在一片废墟中，我们无须重建。

重建的废墟，仍然是废墟。

我们所要做的是用一种目光来晾晒废墟。

这未必与诗无关。

17

诗人的每一个词语都是存活在生活中的，否则，是生造。

而生活中的每一个词语都是有张力的。在你的诗中，你使用的这个生活中的词语有张力吗？

21

我听到一只鸟在对我说话，我听懂了。也许，我找到了诗的感觉。

我将鸟语译成诗歌语言，也许，我可以成为诗人了。

译得恰不恰当，是衡量诗人好歹的标准。

24

是诗人，谁不想捕获心灵的闪电。

那昙花一现虽短促，但很美。给人的印象也更深刻呀！

25

我看达·芬奇的原作《蒙娜丽莎》，肯定敬佩，否则，说我不懂美术。

我读凡·高的《向日葵》复制品，也跟着敬佩，否则，作为诗人，我不懂美术。

在《向日葵》原作前，我不由自主地跪下了，这也许是我对诗的理解。

皇泯作品

29

拖着自己的影子走，虽然面向光，但回头却是黑暗。

追着自己的影子走，虽然背着光，前途却永远没有希望。

原载于《星星·散文诗》2020年第8期

皇泯作品

大海，时光不朽的果园（外二章）

鸟鸣把天空填满。虎狼把渊壑填满。一个被虚无主义击溃的人，用忧伤把内心装满。大海的躯壳坚硬，灵魂的肉体柔软。时光深邃的远方，朝拜者带着疲惫穿越废墟越过城垣将自己归还给漂泊的舟船。面对大海，我无法说出生命的来历。我无法走出原地而被无尽的征尘覆盖。岩石巨硕，生命脆弱；海浪灼烈，珍珠冰凉。血里的盐，指认籍贯。没有谁能躲避博大吞噬渺小，没有谁能阻挡阔绰淹没狭隘。大海将自己澎湃的一生，交给时光不朽的果园。

蓝

无边的大水吞噬了陡峭的天空。时间的陷阱，淹没了粉饰天下的颂词与诋毁、功德与罪愆。大海以北，云水湍急。大海以南，岛屿游走。众生与盐粒一起沉默。悬浮头顶的雷霆低吼。鸥鸟凌风飞翔，它们披着比狂风还冷的深蓝驰行天下。巨鲲高举旗帜，大海磨洗青铜。浪涛砥砺的脚步，仁慈的神灵趺跚祈祷。冰雪里窖藏着我祖先的果实。它们丰硕的梦想，让冷瑟的心灵不再孤独。历史沉寂，一个无家可归的孩子从远岸出发，寻找往昔的神祇。

大蓝抖动。上帝怜爱的谷壑里饲养着一匹匹天底下最狂野最热血最劲健最勇猛的骏马。

驮盐的船

一粒盐里的海汹涌。天空倾斜。烤烧烈酒的老船工，将一柄金刀插进了翻卷臊腥味儿的牛腿骨。吃了牛腿骨喝了烈酒的汉子才能拉得动大网下海。茫茫沧海，我和我的前世在涛飞云走的大水里寻找族谱。太阳击鼓，船舷摇晃。我把沉重的城堡从身体里移出。我给轻盈的天空插上闪亮的翅膀。我赤身为一团火焰，从铜鼎抠下虎符。我不带咒语，只带纯净的盐粒行走。风吹浪涛，我驾大船漂泊。立于船头的比浪头还高的汉子内心滚动着咆哮千里的雷霆。

原载于《散文诗》（上半月刊）2020 年第 1 期

闪电记

想要一朵朵地认识她们，闪电，一而再地探出它雷霆般的身子，照亮这许许多多的滚珠，落入池塘的银盘，

和着雷声的鼓点欢快地跳跃着。

这么多雨珠的精灵，是闪电的姐妹和先声部队，一次次唱出那么多明亮以及耀眼的光彩，哪怕只有一瞬，也能够照亮那些熟睡中的面孔，唤醒诗人为之一振的灵感。

采几道光束为酣梦的夜路指引，划过彼岸的舟楫，为避人风雨的屋顶装饰起一片银光。

比月光稍亮些，比阳光稍暗些，却已是泅渡中的彩虹，苦旅的钟声。

点燃，它就是引线的火花；拯救，它就是黎明的晨曦。

这列向前的火车，呼啸着迎接春天的合鸣，在某个方向，音符纷纷扭动变形。时而强弱分明，时而激扬澎湃，时而婉转轻灵。

时空倒转，许多感伤的文字留下来，在天空更高处，内海的波动，堆积出大片的云层，更多的落叶，幽深的庭院。

霍楠楠作品

恍若昨日远离的人群，模糊的面容。和云层之后的安静。

此时万籁俱静。

又一个休止符出现，人们抬头望天。

原载于《上海诗人》2020 年第 4 期

在邦达草原看牛羊

离开澜沧江的激流，沿峭壁而上，就到了海拔五千米的邦达草原。

没有足够丰富的想象力，肯定想象不到山顶之上居然是一望无涯的草地。

这里是接近蓝天白云的地方，

这里有绿草丰美的沃野，

这里有潺潺流淌的溪流，

这里有明媚的阳光，有夏日和煦的凉风。

成群的牛羊，在草原上悠闲地漫步，一会儿吃着草，一会儿抬头张望，一会儿相互碰碰头，据说那是一种亲热。

它们是自在的，也是自由的。这是属于它们的土地，属于自由生长的生命！

道路也是它们的。

一群牛羊路过公路，一样地不紧不慢，一样地悠闲自在。

这个时候，该停下来的是我们，哪怕你再着急，也只能等待着它们慢慢通过。

这样正好，我们可以坐在笔直的公路中间，以蓝天白云为背景，以苍茫草原为底色，和牛羊来一张亲密的合影。

原载于《剑南文学》2020 年第 1 期

河西站记事（外一章）

从北京到河西，隔着的许多小站，都是我们没有到过的地方。

绿皮火车携着轰隆隆的响声从这里经过，仿佛每见一地，我们便从中走过一次。

有时，距离太远，有时，距离太近。事情总是让人既高兴又悲伤，如同旧照片里恍惚的少年和他青涩的脸庞。时隔久远，记忆在此间获得重塑。

灯光在规定的时间熄灭，黑暗从窗外跳进狭长的车厢，内外融为一体，童年和故乡凝聚成一阵明显的颠簸。

翻新的小车站给人以安慰，但很快，又被我们遗忘在身后。平行，或者交叠的，是我们无法说出的地名、睡前的祷告。

河西以外，我们谈到天上的星星、绿口琴、一位姓张的摇滚歌手和几部小众电影。这让我想起在某个喧闹的酒局上，你顺势递给我一只牡蛎、莫泊桑，会心一笑。

蓝格子作品

虚构的情节中，在一座陌生的火车站，秋天和以往有什么不同？

是白露平息了一切吗？

桌上洗过的葡萄粒保持着应有的沉默。

火车继续行进，后来，时间的消逝，我们的心，像火车在午夜的宁静里数着枕木向前，像快刀之于流水，没有道理。

天坛公园记事

几年前，也是在这样的暮春，我们曾见过一些古柏。但它们远不如天坛公园的古柏历时悠久。道劲的树干上，墨绿色的细小叶片稠密如时间，而我们，正在时间下疾步行走。

树荫下行走的人都是快乐的吗？他们会有怎样和我们不同的不幸吗？

每个人都有太多话要说，每个人又都无话可说。

这不是罕见的现象，人人都是这样。

我们并排走着，沉默代替了有声交谈。在我们身旁，朱红色石墙上有闪电形状的裂隙，像极了这些日子的争吵。在飘忽不定的想象中，有人渴望修复满树的记忆，有人希望能有一次彻底的崩溃。

但多数人选择树木般固定、安稳的一生。

我们做过最勇敢的事，是以树木的种子播撒在空气里的白色绒毛般随风旅行到另外的地面，有时迷路，有时在空气里径自消失。

后来，没有人再提及结局。

而结局，是一只打翻的空瓶子，等待有人将它扶起。

原载于《中国作家》2020 年第 5 期

黄河流过石嘴山（外二章）

真正的名嘴能够咬得住所有的辉煌，然后，它的语言是启示般的缄默。

当地形状如镌刻的嘴，往事里一直昏睡的平凡终将开口说话？

石嘴山屹立在黄河岸边。

两侧的山脊被正午的阳光照亮，它们是石嘴山醒目的法令纹，岁月的沧桑在左，生命的荣光在右。石嘴一张，悠悠的黄河水便是我眼前最伟大的舌头。

贺兰山下劳动的人们，请接受柔软深情的吻。

石嘴说过的话要在风中寻觅，声音清脆或者浑浊，需要在黄河的波涛中分辨。羊群攀向山坡，老鹰飞翔在额际，麦田边村庄的炊烟持续地向天空传递人间的消息。它们都是石嘴山语言里的核心要义。

依旧还有许多未及说出的话，它们是一条河源头高处的圣洁，人间未来的语言，冰川终将融化，河水还将流过石嘴山。

想到笋的尖锐

一开始，都需要尖锐。

沉睡多年的土地是桎梏也是共识的营养，尖锐的意思是为了让自己成为应该的模样。

挺身而出，从桎梏中。

未来竹子的根，如同笋的母亲的觉悟。

她放弃自己的出人头地，在黑暗那里要求生长的力量。

后来的竹节像年轻人逐渐强大的骨骼，后来的竹枝和叶片图解着社会的丰富性。

笋的尖锐有一部分输给了斧的锋利，而它们的根仍然在继续努力；

躯干的气节有时也不敌普遍的虚无，当竹子的存在过程被比喻为嘴尖皮厚腹中空，画面上的似锦繁花，必有蜂蝶飞舞。

事物开始时的启示由竹子的开始去证明。

漫山遍野的笋和顺应时令的雨，它们写下真正的春天。

贪食者、城府者被有效管理。

地面被竹笋创新，尖锐受到鼓励。

人间的形势，风吹竹海，叶片沙沙。

后麦子时代

阳光参与后，还是大片的麦子更为壮观。

空气在麦芒上喊痛，麻雀在上方欢呼。

麦子熟了，土地可以述职。

毡帽形状的粮仓开始被主人精心维护。

近处和远方的面粉机准备否定每一个麦粒的独立，大家庭似的面粉有着非凡的可塑性。

田野、犁沟、播撒种子的手臂；

冬天唯一能够绿的庄稼，八哥鸟欢叫出人间的收成；

旱烟、农人的脸及皱纹；

当我试图还原这些，我其实已经是面粉机的同盟。

在后麦子时代，生长的过程被忽略。

面粉是一种粮食，从麦穗上走下的麦粒，它们必须磨碎自己，必须重新彼此热爱，然后必须混合。

原载于《中国作家》2020 年第 5 期

山中日记

　　小时候，和父亲进山砍柴或者挖药材，不知不觉就到达了天门关山巅。站在山顶，看山下的村庄，小小的，像整洁的棋盘。官道梁窄窄的，却又有好多条沟壑。溪水亮亮的，想流向哪里就流向哪里。街上的人影很小，缓慢移动着身板。有时候村庄像一幅素描画，连炊烟也蓝得干净，像母亲浆洗的头巾。雨后的八月，错落有致的梯田，庄稼长得很旺。站在山顶，整个村庄就像童话一样安静，美丽，与世隔绝。

　　五十岁那年秋天，得空翻越天门关，备足干粮和水，一根六道木当拐杖。半前晌出发，心想两个多小时就爬到山顶。沿着记忆中的山路走走歇歇，明显感觉体力跟不上。爬到半山腰时，已近中午，实在走不动了，就坐在石头上。来时的路，已被秋草覆盖，真的看不出小时候常走的是哪条？如今，山柴茂密，无人砍伐，草药混杂于灌木丛，鸟儿的叫声，清脆得让我心慌。原计划爬到山顶，只好半途返回。

雷霆作品

　　后来一想，如果爬上山顶，又能看见什么？穿越村庄的高速公路，棋盘一样整齐的工业园区，走散的溪水，采石场的烟筒，彩钢瓦的屋顶……重新打量故乡时，我已中年。这样想着，似乎找到了半途返回的理由，也就原谅了自己。

原载于《星星·散文诗》2020 年第 5 期

想在安福寺住上几天（外一章）

我进过那个寺院，同行的人都各怀心思，只有一两个女的小声说，想在安福寺住上一段时间。我也这么想了，真的。

那天正好下了雨，我们都在一个禅房里，坐着喝茶，听住持说话。进入我的耳朵的声音，慢慢少了，稀疏了。雨中的丝丝清凉透进来，和茶味融在一起。

离开时看见有的禅房门开着，床铺整整齐齐摆着，门口有干干净净的拖鞋，也都那么整整齐齐摆着，仿佛在等我们其中的某一个再回来。

在夏河拉卜楞

我们在牛羊之后来到草原，牧羊人不见了。

我们在夏河的某一小块草地上，遇见经幡，我们在内心祈祷。

夏河拉卜楞寺，是黄昏里的一口钟。

我们遇见的喇嘛，其中有几个还是孩子。他们目光清澈，他们的耳朵里，只藏着寺里的钟声。

但在夏河拉卜楞，没有爱我的人，看着我合起的双手，和跪过的地方。

原载于《星星·散文诗》2020年第6期

打谷场（外一章）

除了风吹着口哨，牛一遍一遍在地上画圈，还有麦子赤裸着胸膛。

我不能俯下身，坐拥平原的光芒。我坚持用自己的一双手拯救出心灵的光亮和成熟的蜜，一些亲人的谈话渐入谷粒内部。

他们由收成谈到更久远的事情。漫长的悲伤，荒原，一朵寂静的乌云。

我把衣裳装满西风，只为从鼓起的事物里，找到掖藏在故乡之下的哭泣。

雨中埋伏的玉米能否提前或者推迟秋天。

在干旱面前，一切都被拒绝。为风雨准备秩序，即使每一次闪电，有它的意义和黎明。

一串豆角，一口陶罐，两种事物的相遇，显得那么必然。

与父亲

这一次，我和父亲坐到天黑。说收成。说山羊。瘦小的雷声落在他的额头，想起他在地里，把自己从泥土中拔出，结果满身伤口。

孪宁作品

他把那些伤痕藏进时间深处，他说活着的人在山上，死去的人站在河边，一代就这样盼着一代。

他用微弱的动作描绿了十里河两岸，然后没有告别就离开。

风吹乱了草。有一些人仍在路上。

他身后的风暴，来到时间的斜坡，从词语里找出中年，咳嗽声和熟睡的蝴蝶。

我寻找他藏起的恐惧，两艘小渔船之间，他深深往下陷落。

面对大风，谁也没有说话。消失的黄昏，正重新回到我们中间。

原载于《扬子江诗刊》2020年第6期

天鹅（外一章）

我没见过天鹅。

听说它们有优雅的翅膀，有绝对相信蓝天白云的信念。它们还有它们的子女，一代一代给了我高远的想法。我这个没有见过世面的人，如今在谈论高不可攀的美。

我渴望美。你看，偶尔有风吹过的水稻叶子，摇晃着；村里的炊烟也摇晃着，远远看去，这就是衣食无忧的美。

我坚持美。我在这里仰望着天空，傻傻的表情，像路边的那棵石榴树，一年一次，石榴会咧着嘴赞美成熟。

有人说我是长不大的孩子，幼稚、任性，动不动咬着嘴唇，说出不合时宜的赞美。

这是真的吗？

我渴望有天鹅的天空，并想把美团结起来到明天。

李浔作品

凤　凰

可以是爱，也可以是恨，但它们都应该有着多彩的翅膀。

可以是呼唤，也可以是告别，但它们必须是飞翔中的声音。

凤凰自焚的火，终于让世界有了明白的前景。

无论飞蛾扑火还是凤凰涅槃，燃烧着的翅膀，都会让光明有味道。

许多年后，栖息在梧桐树上的凤凰，她仍然是天空空出的一部分。历史因此辽阔而多彩。

原载于《散文诗》（上半月刊）2020年第6期

自度闲吟（节选）

1

春夏去也，空留秋月。莫言春红难割舍，夏绿又离别。痛煞煞，一头冬雪泛白。

历经风波，远离唇舌。从今休言仙鹤腿长，野鸭脚短，人"生"少一还是"牛"，耕耘岁月，埋头山野。丰产让他人，歉收予自己，默默咀嚼一把草，反刍如何添上那"一"横，药煞心血……

4

拉云入座，暂停日月如梭。

借月枕，让晴过，且慢且慢，缱绻闰年闰月，云瞧我闲，我笑云白多。约云数晨昏，别忙别忙，慢慢悠悠时时刻刻，活着，要好活。拉手云天多给人生百年，百年再百年，弃名心快哉，舍利世外乐。

人活一生会有什么是，什么非，还会有什么不可？知音三五，食色一二，携云飘逸千峰万峦无碍，别说累了，累了且倚山而卧。小花小草任之心宽，袖里乾坤大着哩，醒来再陪鸟啼虫鸣，笑谈梦里炎凉，涌好大的风波。

之后随云再上高坡，轻盈远山一座一座，邀星月，慢些慢些，好好陪护日落。

6

骤雨过，趁绿肥红瘦张罗，邀朋对坐，听高树提携鸟语，闻近犬与蝉唱和。浓荫下，阳光呵呵笑了，热少凉多。

凉多，凉多，且看青峰仰采碧空，鸟啼下种，霞染山花映日红，泉流入库潜鱼肥，清风洗翠葱茏。寻踪山里人家，借曲径，通灵庄周梦。

7

鸟啼莫淘气，声声闹无际，怕不怕，我拉雾低垂，关你禁闭。

开门，开门，鹧鸪与杜鹃互唤，一声东，一声西，抖落些儿露滴："哥也，妹哩""不如归去""不如归去"！雾散几朵花色着迷，诱我望眼，泼浪蝉鸣，淹人入绿。几声笑谈，又被清风握着，掉进几泉嘻嘻哈哈，溅湿花枝。

问草木名姓，青绿一洗无余，披星戴月昨夜出发，一声雁过，半竿旭日……

9

漂木随波逐流，落叶糊涂放荡，漂木与落叶之上，几只蚂蚁经历沧浪……

云在高空空说洁白，天映绿水跳高崖狂妄……

谁言荒唐，谁在怅惘，放下身心，钓叟农夫各忙风清日朗。弯腰心无愧，过河脚稳浪平，拥此金山银河，不问谁谁留美名，且说舒心，是看了饭碗，鲜了鱼汤……

僧人过此，给神树挂红……

飞瀑之下，另几只蚂蚁摆渡，在风口浪尖上……

原载于《星星·散文诗》2020 年第 5 期

传奇（外一章）

无声飞过的鸟儿是天空的精灵。它并没有张开翅膀，而是收紧着浑身的羽毛，像一个灰白的非人世的影子，倏地从我面前掠过。

翅膀是人类看到的假象。飞翔，也许可以是一个意念：我要飞！于是，从高高的树枝或楼檐上纵身一跃，就从一个高度到达了另一个高度。空气是鸟儿自在畅游的水。

天空上的传奇，随时都在上演。

点燃灯火的人

点燃灯火的人，被黑暗包围。

被灯火照亮的人们，用手遮挡着久已陌生的光亮，看不清他忧戚的面容。

世界在微弱的光亮里有了声响，有了秩序，有了纷争与掠夺。

点燃灯火的人，把我拉到一旁，说不出一句话，只是耸着双肩哭泣。

原载于《天山时报》2020 年 9 月 29 日

裸原

——青海行（节选）

1

白鹿的草唇间，噙着一块落日。必须有一声鹰唳一样的暗语镂刻在空中，我才为你开门。没有马，只有一声马鸣，没有人，只有一声石头和蹄铁相碰的声音。

雪山的紫光，又一次为时间拉上了帷幕，而贮存时间的恰恰是一口镂有交媾图的陶器。

蹒跚的老阿妈又在喊她女儿的名字了，头顶上簪着月牙的女儿，三十里红柳灯花，三十里山路出嫁。黑河啊，那只喝水的牦牛眼角里为什么有一丝霜闪？惊喜吗，疼痛。小到了一个小小的霜针，大到了这野牛沟一河的涛声。

2

是谁在敲打着西空，是谁在敲打着极地。是谁在敲打着夜夕，是谁在敲打着我身体的木鱼，当当当当，这片植满啾啾的息壤。

而每一天都是奇迹，每一天太阳都能从东角升腾。卓尔山顶的那座寂庙啊，原来你也有尘世，你也有瞬间的战栗。那一束顺檐而过的光，却原来是你为谁穿针引线的禅语。再敲一下吧，我的释迦牟尼，我的吉檀枷。

我已上了冰达坂了，我已到了大冬树垭口了。如经幡拍打着空空的蓝天，就像单于，就像吐谷浑，我是我的部落，我是我的神。

雪线下睡着的那头牦牛，弯弯的犄角——昨夜，有谁缓缓穿过的月亮之门。

4

玛卿岗日呀多么遥远，像是我看见了一个人的唇动却听不见她的原音。那么，一个人的冰河纪是什么呢？一个人的侏罗纪又是什么呢？一个人的沉积岩是什么呢？一个人的钻石岩又是什么呢？我拿着青海湖的放大镜，在裸原，更多的是在我的心中，蜥蜴爬行。

一个康巴汉子像我，我像一个康巴汉子，手持的一柄马鞭，却原来，是世纪初的一道惊雷。

5

金银滩上，一群羱羊。

我想落日，我想放牧，我想一束皮鞭轻轻打在我的身上。

6

落日啊红得让人心碎：一群牛睡在了尕海湖边。一匹马猛然狂奔向草原天堑。一座鄂堡上的经轮转黑了黄昏。一座佛院里传来了暮鼓之声。

还有刚察。还有多巴。还有门源。还有互助。还有丹噶尔。还有哈拉库图。还有日月山。还有恰卜恰。还有高车。还有仓央嘉措。还有湟水。还有思念。

原载于《星星·散文诗》2020 年第 9 期

秋风过耳

　　白露后，野牵牛花开满篱笆、小路与田埂。蓝色的牵牛花像一个透明的梦，绯红色的犹如一张故人的脸，绛紫色的略带忧郁的眼神。你注视它们，它们会轻轻地告诉你一些秘密。更多时候，它们抿着嘴，什么也不说，只是毫无防备地看着。秋风中，野牵牛花大大方方地打开了属于花朵的秘密，绵密、柔软，它们把秋风染得更紫或者更蓝。

　　一棵秋天的山楂树站立在一所老房子边上，它是属于爱情的，又酸又甜。在夜晚，繁星满天，秋虫唧唧，流水淙淙，都是衬托它的背景。山楂在秋风里窃窃私语，每一句话都饱含情意。它们在秋风中相互靠近，触碰，致意，递给彼此一把火。而有的山楂会被秋风吹落，像那类转身离开的人，不能回头，无法重逢。秋风，慢慢地，把一棵山楂树吹红，吹凉。

　　秋风没有年轮，也没有历史。苍耳和野牵牛在秋风中活得那么好，结出更多的种子，却没人注意到它们，这也是它们为什么总是活得那么自由自在的缘由。一阵阵秋风吹啊吹，苍耳不慌不忙的，秋风吹不乱它们的身影，它们早在秋风中稳稳扎下了根。

秋风大起来，秋风把收割后的稻田、楮树、河流吹远，旷野中背着一筐红薯的人被秋风吹得更远。两只白鹭在稻草堆、树杈间，在流水的漩涡里飞来飞去，翅膀优美地划动。那时，世界是安静的，只沉浸于这一小股飞翔所带来的缥缈气流。

秋风吹落一地梧桐叶，黄昏经过，心里有一种说不出的细小感动升腾起来，是忧伤，又不完全是，如即将降临的薄暮，一束光从树缝中漏下来。夕光如幻觉，世界更加的静了，一只黄蜂的嗡嗡声在此刻呈现出纯粹的金黄色。梧桐宽大舒卷的叶子一片片掉落，曾经稠密浩繁的绿荫，现在变成接近泥土的褐黄，一片叶子一片叶子正在回归。

秋风静止在落日的堤坝，湖水趋向迟缓，搭船离开的人回头看一眼，岸边红蓼开满整个大堤。红蓼漫不经心地红着，绚烂天真，像不谙世事的一群孩子，只知道疯长，绽放，不畏惧世间的生老病死与悲欢离合。红蓼红着，一起渡船的人聚过又走散，夕阳涂抹着大地上的一切，为它们戴上落幕前的最后一顶灿灿王冠。秋风中，万物安心秉承自己古老低微的使命，在一次次轮回中，深蕴不可言说的庄严和慈悲。

又一年，秋风把湖水吹皱。

原载于《星星·散文诗》2020 年第 4 期

宅之男（组章）

坚持的孤鸟

洗好了。把袜子挂在风口——当然用夹子。把一双袜子挂在风口——当然用一个夹子夹住。

可是，我看到，一对翅膀，在飞飞飞飞飞飞。风越大，这只鸟越飞。风越大，这只鸟越勇敢。它感动了我，坐起来，想哭。端一杯茶，泪掉到茶里。

第二天，穿上袜子上班，回头我又看了一眼：

天空中没有翅膀的痕迹，而我的袜子已飞过。人世间中没有翅膀的痕迹，而我的袜子已在浩浩猛风中，飞过了一个长宵。

百　姓

村里老朱老孙老王老李之类的，没有文化，爱喝酒、爱抽烟。

尤其抽烟，过去用旧课本、旧名著卷烟抽，冒天下之大不韪。后来用日历纸。

也有一人，记忆深刻。他或许姓张，或者我的本家刘，用清明上坟的那种纸卷烟抽。

都是出色的烟人。

我敬他们。老婆生孩子，他们躲一边抽烟。老爸死，他们躲一边抽烟。

抽完了，就啥事儿都没发生一样，站起来，到塬上干活。

砖

工地无人，顺手捡了一块砖。按照孔乙己先生"读书人的事，窃书不能算偷"的理论，我只要找一个合理的借口，拿这块砖，就不能算偷了。于是，我拎着沉甸甸的家伙，一路寻找这个堂而皇之的借口。

比如，我困了，需要枕头，拿砖能算偷么？我累了，需要板凳，拿砖能算偷吗？我怒了，需要拍人，拿砖能算偷吗？我悔悟了，也可以把砖送去修塔，是的，对于一个修行者，拿砖能算偷吗？

于是，无所事事的我，大摇大摆，拎着它，沿途率意而行。

当我拎砖而来，人群也仿佛理解了我给自己的几个正当理由，他们呼啦啦避开，竟然给我开出一条宽宽的大路。

坐灯下

　　无所事事，坐灯下。15瓦的小灯，也无所事事，一圈光亮，像老大一样，罩着我。

　　翻开一本旧书。书名在此：《三言二拍》。无所用心地翻看该书三部中的一部。

　　如果老师让交读后感，我将以数学公式书之：

　　三言二拍＝明代的故事会＋知音＋十日谈。或者，三言二拍＝社会＋人性。

　　当我倦了，灭灯，去睡，就像该书的作者，早已躺在黑暗中的冯梦龙。而书中的文字，灯光一样，老大一样，还罩着我，让我觉得，自己是有组织的人。

　　　　　　　原载于《中国作家》2020年第5期

一个老兵的剧场（节选）

卢静作品

1

五指颤抖的老人，音调却异常坚定。

一个冲锋的兵，胸脯急剧起伏。

喜极而泣的老人，十指滑翔成一只鸥，飞掠过往昔南方的木棉，北国的榴花。

小心翼翼打开立功证书，双唇翕张的老人，念不够"人民功臣"四个大字。

我们一起瞧！目光清晰的老人，音调陡然提高了。

叶绿素在枣树里游，梢头坠下青葱的冰菰。

远处，赫赫岩石在山脉里游，液晶在麦秆里游，又将失去界碑的麦田，镀成一层银亮的屏幕。

更远的地方，气流旋腾。

我搀扶年逾花甲的老兵，跨出门槛，坐入他最喜爱的，另一个日月悬顶的立体剧场。

2

琵琶桥边的树，依依送走了，露出微笑的红军战士。

路难于上青天？那就像鹰一样，在横亘千年的横断山脉中点石成金。

这是一幅惊人的场景，纯亮之水，盛着比火焰还热烈燃烧的天空。一只豁口的粗瓷大碗，可曾忆起，父老送来的水有多甜？

变幻莫测的赤水急湍，可曾顿悟，潜行其中的日月的智慧？

不，比雄鹰还矫健，出奇制胜，变弱势为主动，乌江天险滚滚送行酒，打得黔地军阀一路丢烟枪。

历史可曾铭刻，一个战士梦境的底部。

落尽梧桐的寒雨，寒透了八月桂香一缕缕濡染的家乡，望月亭上白玉柱搭起十丈高台，望断鸿雁的幺妹子，可曾捧起捷报。

可曾，听见这一曲奇绝的四渡赤水。

5

我搀扶的老兵，眼角闪烁湿漉漉的星光。

无人不在场，隔着旷野厚实的风幕，座无虚席的观众台上，你树皮卷肠胃，草根搅动我辘辘的饥肠。

若尔盖草原漂来了，泥潭一点点淹没战士的头顶。

一块块高寒草甸漂来了，暴涨的河水，游蛇无影，又冲走饥寒交迫的人。

大朵墨蓝的云，一定在浑圆的苍穹骤驰，裂变，地表才绽放闪亮的缝隙。

肆虐的风雨，一条条抽烂战士单薄的衣衫，一身铁骨却更加铮铮，为了苦难中的乡亲，任危险比夜色更深，笼罩周身。

两个紧偎的女兵，在一纵即逝的甜蜜梦乡，望见金边小野花，奔涌到大山半落天幕外的脊线。

无数昼夜后，当霞光为岷山披上七彩的波纹大氅，父老欢天喜地的锣鼓，究竟等待了亲人多久。

原载于《星星·散文诗》2020年第2期

卢静作品

雨点落在瓦背上

雨点落在自己家的瓦背上……

好听得像花骨朵儿在弦上轻轻踩脚，又来回踮着脚尖小跑。是什么要从天上下来吗？是春天吗？

一间屋，千片瓦。

每一片瓦上都站着天籁。横吹的朝云是笛，竖吹的暮风是箫，平拂的流光是筝。经过的，都是素音，都是好听的。

喜欢住在小村，喜欢住在青瓦的屋顶下。听得见时光流逝的身影，听得见简单生长的雀跃。在突然醒来的夜里。

新搬来的茶花一家，还在连夜收拾箱奁吗？次第打开的花布包里都层叠着香。

晚上喝了酒的碗碟还没睡，碗橱里坐立不安的声响，是等不及天明，摸着黑在给谁写信吗？

树叶向风借了翅膀，飞身去扶下树梦游的白玉兰。

竹子们推推搡搡，争着签收午夜刚给自己送来的翡翠。

陆苏作品

瓦背上歇过萤火虫，歇过霜，歇过梦，歇过一整个夜，和天一样大的夜。唯有这雨点，歇得最动人。

总想不好，如果谁在屋顶上敲门，我该把木梯子搭在哪片青瓦下，一手提着裙子，一手把一片瓦那么大的一小片天轻轻托起。

所有的雨夜，我都想回到这里，想象着瓦背上的情景，守着家人，让他们高兴。

每一个雨夜，我都想醒在这里，放心地让自己家的雨盛大地抱紧，让心安静。

雨越大，夜愈静，心更静。

静得听得见，你想我，我想你。

原载于《星星·散文诗》2020年第4期

采菱摊（外一章）

　　江南水乡，荒滩野地，泥是热的，风是湿的，出美女爱情，也出诗词歌赋。

　　水杉芦苇，肥瘠相宜。风中，一抹清辉浮动。

　　那双藕白之手，在岁月里，一如既往地纤秀。她们，活在诗中的感觉，照亮了千年之后。

　　戴蓝头巾，躬身劳作的俏妹子，美女子，她们手执一只红菱的样子，更像我们的女儿。

　　健康之美风情之美，交给了百鸟千树，星星大地。

　　此时，依稀闻得她们传诵千古的歌声，不想，却是从《诗经》中发出来的，闻之不由醉魂酥骨。

生态林

　　潮息烟沉。接着，不胜重负的一条柳丝，像这早春，要搽去烟云。

　　风把节令剪成了纷纷细雨，尔后，天地张开，上接日月。春汛波涛汹涌。

所有的草瞬间返青，向着羊群伸出呼唤。小鸟依人。江南大音稀声。

许多鸟兽的目光亮了。浅草里有鱼，烟雨深处有天鹅戏水，它的羽毛，披挂着祥云。

松，水杉，卷柏，还有黄花和野百合，它们听风，做事，间或缱绻，内心里透着安适。

林藓荆蘑，日月流云，触目尽是波光粼粼，神凝魂虚。

原载于《星星·散文诗》2020年第9期

每个失眠者都是神的牧童

一只、两只、三只……

失眠者打开神的羊圈，羊群从冥想与默念中奔向夜的牧场。

这些被神圈养的宠物，长着夜的眼睛，夜的毛发，夜的饥渴和焦虑。

失眠者数着羊，在那些毛发与影子间纠缠不休，紧揪着未及斩断的尘世的羊尾巴。

成百上千只羊，成千上万只羊……

密密麻麻的羊把夜咬得支离破碎，支离破碎的夜在羊的身后汇成洪流。

羊群撕咬着前世种下的预言，却又被今生的隐喻吞下。

你看，吞噬者终将被吞噬，虚妄者终将被虚妄。

你看，所有的终点都将成为起点，所有的生都奔赴在死的路上。

你看，没有什么是能够紧抓住不放的。

失眠者疲惫不堪，他听不见神的低语。

失眠者弄丢了那支能从容地吹出悠扬牧歌的笛子，这让他惊慌而忧伤。

　　失眠者赶着羊群在天亮前消失，失眠者赶着羊群在天黑时出现。

　　　　　　　　原载于《星星·散文诗》2020年第2期

一只鸟飞走了（外一章）

一只鸟飞走了，我认出那是一只白头翁。

这么冷的天，即便是有翅膀，我也不会飞走。

要不要把年嘉湖也一起带走？它频频回旋，很快，它发现这个想法是多么不自量力。

它飞起的时候，扇动的翅膀像快要熄灭的火焰。它的鸣叫，徒劳而忧伤，这有点不像它。可以肯定的是，它不是昨晚在寒风中呼号的那一只。相对于呼号，它的鸣叫里缺少的是懊悔和绝望。

我了解它，总是想在纷乱中确定什么。可这次它的确定变得有点艰难，一定是有什么让它难以取舍。而那远方，一定有它曾经错失过的时光在等着它。我确定它必定会离开这里，离开之后必定不会再飞回来。正是因为这样，它既怀着一种急迫的心情，又飞得有点缓慢。偌大的天空，它是那样细小，细小得像凝在针尖上的刺痛。

它终究还是飞走了，不像曾经的我，一个羽翼渐丰的人，哪怕是逆着风飞翔，也是快乐的。属于我的快乐总是如此短暂，而更多的爱是靠不住的，总逃离不了被割舍的命运。每当感到懊悔和绝望的时候，我却愈加沉默。

天高地远，它会飞向何处？当我这样问，是在暗暗庆幸自己留了下来。而对于一只飞走的鸟，我便是它留下的一片空白。不关乎记忆，也不关乎未来。

湖的量词

在面对年嘉湖时，我有意避免用一个量词去表达它的存在。以前只是一种无意识的行为，这样的次数一多，就难免会认真地思考其中的缘由。

一个，一片，一湾，一泓……

放在湖的前面，好像都不够准确。

"个"，过于随意，当人们不知道如何用一个量词来表达时，"个"便成了万能量词。一个湖，念起来总感觉有点别扭。

"片"，表述的似乎只是湖的一个局部。

"湾"和"泓"，与"片"也差不多，出于形象思维的惯性，总感觉这几个量词都不能代表湖的全部。

汉语的丰富性在面对湖时多少有点词穷的尴尬。

相比较而言，既然没有一个特定的量词，也只有用"个"来表述。

一个湖，还有比一个湖更准确的表述吗？

应该是有的，只是词穷的不是汉语，是想象的缺失。

如果湖是安静的兔子，那它就是一只；如果湖是玻璃的镜子，那它就是一面；如果湖是不小心掉在地上的冰凉月光，那它就是一轮；如果它是一座城市用来呼吸的肺，那它就是一叶……

如果我的想象足够丰富，似乎任何量词都可以与之匹配。

当一个年嘉湖出现在我的面前时，有时我会想到那是一群，各种各样的湖，它们纠缠到一起，相互谩骂、厮打、和解、拥抱，最终亲密地合为一体。

只是它还是它——年嘉湖，一个，也是唯一的一个。就如同我，我也是一个，汇入人群中可以甘于平庸而不被认出，也可以在黑色的沉静中捧出天空一样的蔚蓝。

可有时，我并非一个，也是一群。

原载于《散文诗》（上半月刊）2020 年第 8 期

候鸟（外二章）

所以你遗忘的并不是生活，而是眼帘上的一只斑斓蝴蝶。别垂头丧气，我的朋友。我见过春天，在那条大道，停车场旁边，电线杆上。

一只南方候鸟这样说过。

兴许是那种蓝

这个家乡，兴许是那种蓝。对生命的怀疑，造物主是洁白的蓝。秘密曾经是嘴唇的水域，这样绕着我们的大海。哦，"爱丽沙"，明天就去墨西哥。

那里的牛仔举着枪，那里的野牛在发疯，在繁殖。

窗外扬着羽毛鸟的过往与哀伤。兴许是那种蓝，在指引它们回家。久望着，我和"爱丽沙"都显得很快乐。有一种苹果树开花了的喜悦。

写诗之道

"爱丽沙"今早问我还写诗吗，但那风来了，草在跑，在跑。我琢磨着，从昨天起，那朵花的姿色开始变了。就像家附近那座建筑物被人换了皮骨。

米心作品

我说我当然写诗了。云朵在呼吸，在发疼。

在午夜的时候，一两颗星星足够，几片寂寞足够，小半杯烈酒足够。

我的诗已饱。

原载于《散文诗》（上半月刊）2020 年第 3 期

火塘（外一章）

信步向前，靠近、弯腰，紧挨着当家的男主人，坐下。

水烟筒，就递了过来。土土的酒碗，就裹挟着苞谷老烧浓烈的酒气，紧接着烟筒递了过来。

火焰簌簌，吐着一条条红舌。

烟火味扑鼻。火光，照亮了屋角的锄头、斗笠和蓑衣，照亮了壁上拴着红布条的大三弦，以及长者不急不缓的问候。

叙述隐约。那些朦胧起跳的身影背后，歌声和掌声，和着悠远的曲调，隐隐地传来……

身前身后，轻轻重重的旧日子，长长短短的老故事，在乡村博物馆一扇扇的橱窗里，已被时代归类，排列成阵，恍若隔世，却清晰如昨。

慕名而至的人，牵紧自己一路北上的热爱。

火焰簌簌。恰如其分的风雨，掠过问候的缝隙，掠过三个围着火塘相向而坐的男人的背影……

牛　群

　　一记哞声，从谷香里跌落，掉到西山的胸怀里。在谷物的身旁，牛群，被农事圈住，缠绵、体贴，耳鬓厮磨。

　　更多的牛，在昨日的民间来来往往、挤挤挪挪；在四季的路口，和不同的庄稼迎来送往，不断轮回。

　　经卷，还在翻动。一丛丛的火，在历史的荒原上，酡热、激烈，熊熊燃烧。

　　火光，映照出牛群隆起的脊背。在不老的高原，任何一件农事，都是它们出入凡间的一条途径；任何一株庄稼，都是它们热爱烟火的一份写照。

　　毕摩，口中念念有词，手中的经卷，随越来越近的吆喝声，彻底打开，仿佛要把更多滞留在牧歌里的牛，从字里行间，赶回尘世……

　　谁把身子一再倾斜，企图更加靠近可邑，靠近这个午后，以便更能听得贴切，一群牛，群体走过村庄的声响……

风紧，炊烟斜。哞声阵阵。

无以回避。黄黄的身影，从对面扑来，从小巷窄窄的尽头处扑来——

从古至今，这是村庄从来不曾熄灭过的一丛火焰。

原载于《星星·散文诗》2020年第1期

金城谣（外一章）

你的名字就是一只五彩的蝶，舒展地落在我的心上。

远望北面的白塔山，你就是一抹生命的亮光，一片古朴的高地，随年轮茕茕孑立。

灵魂之下，命运之上。岁月锻造的古城，透出黄金的背影，身段比年轮还长。

在春天的鲜活里灿烂的古城，在月光下泛出晶莹的光芒。被岁月吹动的水车，隐藏在暮春的歌板上浅唱。

落座在金城的心脏，蛰居的鸟虫和晨练的心跳一起鼓羽同鸣。

我是你最虔诚的子民，陪伴你一起迈进初春的轻柔，一起倾听生命之轮轰鸣而去。

我是你骨髓里不可或缺的部分，时时闪烁在五泉的晨钟暮鼓里。

顶礼膜拜你神奇的千年故事，手捧你亮丽不朽的名字，我的心战栗不已。

与你共眠，枕着黄河封冻的夜歌。

春鸟啼鸣，我们相约在梨花飞动的四月，用深情的眸子接纳你苍凉的荣光。

今夜，我把你供奉在心灵神圣的一隅，直至地老天荒。

后北山寨

那是后北山错叠的倒影，在酒盏神秘的气息中晃动着。

那是曲纱神女颤抖的眼泪，在我灵魂的缝隙里莹莹闪亮。

那是吐蕃的后裔们舞动祭祀的声音吗？为何藏寨环鸣，震撼山岳？

那是后北山寨，沉浸在巴藏朝水节的祈福里，一直在阳光的静谧里急切的等待。

等一群灵魂潮水般涌来。

这是藏地的一处秘境，在黄昏的酒歌里颤动着悬念。

一个小小的藏寨，盛满朝水节的欢歌和佐瑞远嫁的倾诉，让探寻的目光填满了太多的奢望和遐想。

一个人热忱的眸光，一群人的眸光，巴寨沟的眸光，让我孤傲的灵魂瞬间萎缩。姐妹的朵迪舞旋动古老的传说，兄弟浓烈的青稞老酒里晃动着几座藏寨的月色。

灵魂沉醉，一个人的念想被蝉儿的争吵掏空了。

思绪被夜的幽深和酒的浓香反复折叠，想不起身处何方。

整个藏寨都无法入眠。

晨曦是被石榴树旁的酒歌唱醒的。

原载于《星星·散文诗》2020 年第 12 期

三沙涛声：我听到祖国的心跳

（组章选二）

三沙渔歌：祖宗海的心声

云天般的开阔旷远，涛啸般的浑厚苍劲。

驮着灵魂的躁动，活跃了海平线的梦幻。白鲣鸟追逐音符，翱翔于心海……

那是波峰与浪谷的旋律，那是渔火与炊烟的倾诉。

歌喉，因解缆摇橹而粗犷高昂。

一阵阵南海咸腥的风，便迎面扑来，打湿了椰影与枫树的葱翠。

沿着拉网的青铜胸肌的回响，你听到了吗？

"万里石塘"折叠的汉唐螺号，"千里长沙"飘过的明清船谣……

伴着升帆的黝黑身影的共鸣，你看到了吗？

霞光中彩贝的七彩斑斓，夕照下热带鱼的梦幻翩舞……

从沾满浪花的歌谣中，我真切地触摸到了，沙礁云水间，那一阵阵心灵呼唤祖国与家园的颤音……

哦，这声声三沙渔歌，

一波又一波，让我血管里，不断涌动起祖宗海的潮。

故乡的螺号

白鲣鸟的翼翅，或岛礁的椰风，掠过桅顶。驮着遐想的重荷，扇动海平线的梦幻……

海在涌动。喊声在涌动。缆绳，解开亲人的情结。风帆，升起出征的豪情。

巨大的蓝。一种壮阔的深蓝色的梦。

我的目光，在"更路簿"上褐色帆生长起来的海风里，徘徊。桅顶的风向标，旋动海霞，指向岛上家园的方向。

音响若水珠，淋透灵魂的战栗。记忆里，琼崖方言的鸥鸟，在浪尖或海边的抗风桐上，盘旋。

一串串父辈晨雾里扛船的号子，在响。激荡波涛呼啸的海碗，碰响醉红的夕阳。

母亲弦月下织网的渔谣，向我走来。沙滩上的渔姑，红唇上漾动着咸水歌的浪花……

咸腥味，模糊了眼前的一切景致。我的灵魂，将撒满渔火光焰熔炼出的盐粒。

而心间，正掀动起故乡海汛期的浪涌……

原载于《星星·散文诗》2020 年第 1 期

在一首诗里安静立冬

1

今年的秋天，来得比以往仓促了一些，几场台风刚过，气温便骤然下降。有天傍晚，我关上窗户，发现天竟过早地黑了。窗外华灯初上，行人神色匆匆，多像个借来的夜晚，美得令人惶恐。那时，一大把落叶在空中流离，昔日种下树木的人群，如今都在顺从地老去。树叶经过他们的发际、眼睑、腰身和脚踵，仿佛谢幕的舞步，流畅而又决绝。他们是否被吸引了注意力，是否能理解这种残酷的安慰？

我于是想到要给自己写一首诗。取出纸笔，忘掉修辞，只聆听笔尖在白纸上走动的跫音，如朗朗明月，照潺潺溪流。"2006年，我们见字如面……"横撇竖捺，随心而行，随性而止，全在意气之间；题额封缄，寄往北方，邮向南国，也只凭一时畅快。确信无疑的是，将一首诗寄出，有多少个地址，便有多少个自己，在多少个地方，击掌和鸣。呵，大好！

只是如今，那些被束之高阁的少年情怀，正如这2018年的秋天，恐怕就要这样永久地逝去了，如同一阵风消失在过去漫长的岁月里。

2

黄昏过后，通往海边的道路越来越窄，除了稀拉的往来车辆，再难找到多余的人烟。我们小心翼翼地踩在碎石上，从中翻捡零星的渔火，用以砍去黑夜的藩篱，然后在逼仄的光巷中踸身前行。鞋底和石子在摩擦后，发出了同样清亮的声音。好几次我们都以为自己就要陷进去了，却又总能及时抽离。偶尔，还听到一些贝壳在身下破碎，"咔嚓"，似乎是牡蛎、海蛏、扇贝、苦螺，又或是其他什么叫不出名的生物。总之，那回响尖锐而直接，不时打破一以贯之的重复，也将此前的侥幸迅速转变为内疚。

我们去看海，正如它们来到陆地，不辞辛苦，背井离乡，结局也是祸福未卜。我们何故如此？远方像一颗种子，在心底萌芽，只好顺着它的藤蔓向前攀缘，名之"远归"。事实上，现实的故乡与臆想的故乡早已合围，圈养着人们前赴后继的一生。

一个项目组抵达了这里，填海造田，想要一番作为。这是后来的事。工人们来自遥远的省份，初次看到海洋的大有人在。很快，堤岸上竖起围墙，墙上刷满鲜红的标语。字自然都是认得的，只是以他们的方言念出，多少显得陌生。我们沿循旧途往海边走去，很快便被发现并阻止，理由是这一段路正在施工。

我们远归不成，还从主人变成了不速之客，最终也只能原路返回。

原载于《星星·散文诗》2020 年第 2 期

【
P
I
W
】

过客（外一章）

　　加速度敲打着每一根枕木——

　　让目的地在自身的战栗中渐渐失去意义。当我目送上一列火车远去，这座城市固有的浑浊、坚硬，被慢慢稀释；一阙阙平素忽略不计的场景，渐渐聚拢为一个完整的故事。

　　它越来越远，越来越小，在轰鸣声中由一条线压缩为一个点。每一张映在车窗上的脸，以及还未完全发育的泪水、微笑，也最终化入一己的前方。

　　它承载着的情节，阴晴难定，但基本与我无关。甚至，沿途的风景，可能也会忘掉它来过的印记。

　　人生的边际线可能也是如此：一边延展，也一边流失。

　　一些来来去去的脚步，轮番占据这个月台。它们认定——抵达与启程，就像两个相互咬合的齿轮，会在彼此的裂隙间填满生活的油渍。

　　它们组成一支喑哑而沉重的队伍，依次登上自己的入口——

　　成为缓缓移动的深渊。

背　影

一次长途迁徙，不会搜刮掉丝毫的体重。

离站时，没有人会赖着不走，也没有人打算将旅途的劳顿呈递给异乡的城市。虽然，亲人们停驻在原地。对于很大一部分人来讲，远方的世界是五彩斑斓的，可供挥霍的梦想与未知，葱郁如林木……

反观身后，空荡荡的视野其实更让自己安心。我在心底默念一遍早安，阳光便回应以浅浅的暖色。

而在朱自清之后，一种背影便被刻在了月台上。它来自亲情，来自一种厚重而温馨的记挂。

虽然，我也曾渴望看到他的父亲的那种蹒跚背影；遇到那种父亲式的柔软与艰难——

但是更多的时候，我希望没有牵绊地远行。

不让眼泪砸出稀里哗啦的声响。

我喜欢将月台视作私属的心野，用以逡巡、冥思、打望。我喜欢月台上裸露的尘埃，它们可能来自远方，也可能将被捎向远方——

如岁月，如旅人。

原载于《星星·散文诗》2020年第2期

壁 画

日落。月升。

岁月的齿轮,一环扣一环,经年往返,如此精密,又如此简单。

时间行经此处,此处即是世事;时间行经彼处,彼处均为浮云。

时间行经至此,正逢月光洒满大地,四野温存,天地寂静。

他们的脚步,闪亮月黑风高之夜;他们劫后余生的欢乐,冲淡了传说中的浓烈杀气;他们内心萌发喜悦并持续,让骄傲泛滥。

为什么不骄傲?

彻夜不眠的醉酒欢歌中,他们和地神、天神、水神、山神一起,忘却悲剧,也扔掉了时间。

转眼间,缓慢的左江,又流走了两千年。

春花寂静。

崖壁依旧。

一只鹧鸪，仍然保持与生俱来的焦急和冷静，从一棵树跳到另一棵树。

它在高于江水的树梢上，不合时宜地呼唤春秋。

鹧鸪望着峭崖上各种土红色的人像发呆。那些人，有正面，也有侧面。他们有两脚叉开，两手高举，成立马式，也有两手平伸，两腿微蹲，成跳跃式。他们练兵习武、狂舞欢歌，还是祭祀祈求？他们身边的马、狗、藤牌、锣鼓，他们头顶的太阳、月亮、星辰，在讲述什么？

鹧鸪凌乱地啾啾鸣叫，鹧鸪倾诉着人类无法洞悉的烦躁，似乎也在阐述它们无法理解的人世间的悲凉。

原载于《伊犁河》2020年第4期

你和我的人间烟火

1

一条蚯蚓被翻出了泥土，于是，它开始了艰难的重返泥土的努力。

起先，它满怀信心，一头扎进土里。它的样子，让我想起一枚准备在物体中缓慢推进的钉子。但它遇到了来自泥土深处的阻力，这阻力对它那么巨大，有一会儿，它瘫回地面上，一条被弹回的皮筋，一个可怜的不再被接纳的弃婴。

正午渐渐热烈起来的阳光，仿佛被用来考验一条蚯蚓的意志。它刚才还显润滑的身子，已变得干涩了。

它必须加倍努力。

它又一次往土里拱去。

也许因为阳光的深入，这块被翻动过的泥土也张开了皮肤，那里，一定会有一个毛孔吧，适合一条被无辜揪出来的蚯蚓，重返它黑暗深处的光亮。我就这样在一边等着。等了小半个时辰，也许是大半个。我知道，我的等待对一条落难中的蚯蚓毫无用处。它只有自我拯救。

2

因为要食人间烟火，所以，人只得将自己当作柴火，慢慢地烧着。

千万别往大里去啊。就这么几根骨头，你得留着自个儿过冬。

于是，各家烧各家的，各自烧各自的。

有时也互相烛照。细水长流啊，看谁更有耐心？

有时也火光熊熊，你也不用发问：热烈的交流能持续多久？

有时也窃取别人的烟火，暗地里红上一把。嘿，那个深谙此道的家伙，他可不会被欢娱的大火焚毁。

今天，又有谁动了你的烟火？

3

酒瓶倾倒。

在地上，它们每一个都躺出了一个随意的姿势。刚才它们还是谨慎的，它们有满满的话，顶着嗓子眼却说不出来。刚才它们还在寻找倾诉的嘴唇。

这些话现在顶在我的嗓子眼上，那么多！我也想说出来，但没有一只现实的酒瓶能装得下。

我没有醉。我的手指在桌上划开一条河，我听见了夸张的流水声。

4

他五十岁，微秃，阴郁。

他口袋里的钱被纸牌一张一张运走。

他持久的耐心被两性的战争瓦解。

他毫无生气的工作更像是日复一日的劳役。

"那个人正陷入绝望之中。他的爱无法帮他消耗自己。"

"是谁把我领到了这里？"像一只久远前被退回的包裹，而寡情薄义的主人早已不在。

5

为什么而绝望？

触动了，挣扎了，欢娱了，迷乱了，失望了。

一个又一个对局。一次又一次重复。欢乐与悲伤的石子，会滚落在同一个谷底。失败和胜利是长途跋涉后，一样疼痛的脚跟。

时间抹平了那么多沟壑，你的和我的不同。只有局外人始终在局外。他自始至终的静疲愈着我们的动。

当我们已成为一条咸鱼，我们还在寻求波澜和起伏。

原载于《星星·散文诗》2020年第10期

液体的树

秋一深，有果子的、无果子的树木，都紧一阵、慢一阵，高一声、低一声地迎合秋风，吟唱一首晚秋的悲歌。

成熟的果子，被甜言或蜜语击中，坠落一地的心甘情愿。纷落的叶子早已成为一场空虚爱情的铺垫。

只剩下几枚发绿的果子，还围在光秃的枝头愤青，声讨越来越萧瑟的秋风。

只有树本身知道它们的冥顽，不是谴责寒冷的薄情寡义，而是留恋枝干的扶掖，悲悯其光秃秃的孤独，才迟迟不肯成熟、不肯落下。

愤世也罢，嫉俗也罢，有谁不是一边爱着，一边恨着走过春秋冷暖？有谁不是风里聚、雨里别的从南走到北，从黑走到白？痛，自己知道，采在脚下就好。

——交出了花朵，交出了果子的树，即便是死，也死得其绿，死得遮风挡雨。

无果子的树，略去了开花、结果、成熟、落地的全部过程，从不拿花朵，或者果子说事儿。

叶子是整棵树的寓言和隐喻，是树的最爱，也是最痛。黄叶铺满地时，我们谁都不再年轻。枯黄大于成熟，成熟大于凋零，凋零却等于悲秋。

一片单薄的叶子，用飘落证明秋天是流动的。

唯独一棵液体的大树，没有开花、结果、枯黄、坠落之苦，也不必愤世嫉俗，夏躲冬藏。它白昼连着黑夜，不停地循环流动。随时缩小萧瑟，也随时放大深秋。

自带春秋冷暖，自带日月星辰。树杪即是树根，树枝即是树叶。静止即是流动，流动即是静止。

有果无果，有风无风，心潮都随时澎湃，随时起起伏伏，从来没有摘果之痛，落叶之悲。

液体的树，在时间的长河中不停地流动，逐渐形成了无神论者，为了善行而行善。

原载于《上海诗人》2020 年第 2 期

看雪（外一章）

它拥有这一整日的幸福。

一扇属于早晨的窗户如同一个全新的日期，镂刻者正以娴熟的技艺雕出它的脸谱。

为了那不存在的节日你独自庆祝，一株将枯的植物焕发新生，无关的事物变得有关，那重复的和减速的，是未被镂刻的雪。

然后你打开窗户，让那秘密抵临你，带着种子的问候，大地的许诺也变得坦诚。

然后你敞开，被鸟类牵引着呼吸，声音在枝杈间行进，崭新的雪面被拓上古朴的记忆。

黄河速写

大片的寂静像树叶一样落下来，没有雪。我们在河边捡拾一些筑路的石头，挖沙的机器已停止作业，工人们回到岸上，生火做饭。

两只水鸟，它们为彼此的希望而展开着翅膀，它们漫步在浅滩上，春天最初的气息，来源于它们。

树木即将吐出新鲜的绿，暮色中，柔软的风摸过我的脸。

有人说：这风将构成一种新的相遇。

堆积的石头在被河水精巧地打开，我们置身于此，像是置身于果实般裂开的谜语之中。

对岸的观众移动着，他们的目光追随着一片鱼群。

那些细密的鱼群正在捕捉着一束光，光来自一小片黑暗。

原载于《上海诗人》2020 年第 3 期

外科医生

水子作品

心愿高过阶梯，心愿一次次被逼回肺泡之内。

在创痕面前，我们都如自我囚禁者，静听苍茫的回声。

秒针已经奔袭在紧张之外，闭合血管和斑驳，他们的手，缝合心底荒凉的时候，一根线的传奇注定不朽。

医学创造了美容术、移植术、置换术。而心术，则在科学研究中不停眨动一双质疑的眼睛，找不到殊途与同归。

危险有时来自缓坡，有时来自人心向度。美学从更高处落下，少不了惊心动魄。外科医生躬下身子，最后的工作使大地的伤口愈合。

一座桥，需要建在心脏内部。

哦。关于桥的传说，多了一组搏动的音。

原载于《星星·散文诗》2020年第3期

初冬上南山所见（外一章）

一个人在天上，另一个人也在天上。

一个人往西和雪相遇。

另一个人被风吹远。目之所及，他们经过了青海湖，但悲伤的大地繁锦没有谢幕。等他们到达黄河，也许能看见一只放生的羊，和十年前我在黄昏中问路的红衣老僧。

那些空他们早已经历。星星打尖的湖泊夜色缥缈，再荒也不为所动。半夜里会有一个人从附近的小镇醉酒归来，路边薄雪泛光，犬吠遥远。那时我不对自己说苦，现在也不再告诉夜行人所有的痛。

两人最终会去哪里？我在漏风的帐篷睡过一夜的珠穆朗玛峰河谷？也许去日喀则黄昏就关闭了木门的寺院？或者在途中走散，为寻找彼此花费一生？

两个人，其实是两片状如人形的白云。

它们飘过南山，高远的阴影投在大地上。

阿尼玛卿雪山下

　　一个寻找自己的人，心向天空走去。这条通往太阳的路，阿尼玛卿雪山搭好梯子，洁白、高。但不能以飞翔的姿态上升。神看着他，这个大地上孤单的深入者，听见石头念经。

　　直到黑夜的孩子提着露珠翻过垭口。

　　直到转经筒下面雪莲梦见寂静的春天。最后，一切归入沉默。疲惫的人间，飞过鹰和几片白云。

　　只有风，一个人停在冰川石上面。

　　　　原载于《散文诗》（上半月刊）2020 年第 11 期

巨大的乐器

对面楼上弹琴的人，此刻，我关于他的想象只和他的钢琴有关。我想象这巨大的乐器是如何被吃力地抬到楼上的，而我一旦想象到楼梯，这个弹钢琴的人就立刻悬空了，我在脑海中取消了对面的楼房，或者说整座楼房都变透明了。这个弹钢琴的人以悬空的姿势坐在钢琴前，这和他正在演奏的乐曲无关。我尚不明了我透视楼房的某种心理动机，这也不是我的特异功能，我不明了的，还有这巨大的乐器何以能够在一个人的房间里发出这涓涓细流之音。我知道，相隔不远的是：他娴熟的技艺已经能够表达他丰富的感情，而我在一种专注的走神中得以透视。

原载于《散文诗》（上半月刊）2020年第2期

宋烈毅作品

一条鱼的海洋（组章）

广场舞

音乐响起来了，这些从四面八方赶来跳舞的中年大妈，旋转中她们似一片型号相似的陀螺。

在早春二月的季节里，春风让她们不停地变幻角色。

一会儿似一片随风起舞的蝴蝶；一会儿似一片开了又谢，谢了又开的豌豆花……

三月的风

三月的风不知从哪里消失了。

想起那些互助的冷暖，以及我被风一次次忽冷忽热的靠近。

之后你变成了更大的风……

偶尔翻阅着你走后留下的孤寂，偶尔独享一条鱼的海洋。

风中的芦苇

几场雨造就了一个盛夏的水塘。

看不见的风，偶尔模拟着空中那些飞行的翅膀。

它羡慕这些拥有绿色裙裾的芦苇，每一天都焕然一新。

它忽视了芦苇本是一种草根的宿命……

勿忘我

这淡蓝色的小花，开在五月的田野。

有人在它的名字里重拾旧梦。

哦，互联网上的世界，让多少梦想瞬间成真。

我继续向田野深处走去，继续寻找那朵淡蓝色花瓣上的世界。

我看到了一滴透明的雨露，月光下两颗星星住进了一个琥珀。

原载于《星星·散文诗》2020 年第 9 期

旅欧履痕（二章）

海德堡古城堡

卡尔特河从脚下流过，高耸的石山上挺立着一片古老而茂密的森林。古堡修筑在峭岩上，揽风云在肩头飘荡。

断墙残檐，在楼阁顶上旋转的巨型园钟的指针，仍沿着时间的弧线诉说历史的变迁。如织的游人在这里留影沉思，一如当年的情景在眼前浮现。

硝烟已凝固成对遥远忆念的凹凸石阶，号角和战刀都在斑斑锈蚀中写着烽火演变。血与火，生与死，毁灭与复苏，全在历史的进程中重叠。

永远不老的是青山碧绿，永远坚硬的是岩石砥柱，虽然山下河中的流水是如此柔软，可同样坚定的信念会在岁月中延展。

贝多芬故宅

波恩的胸脯上，敞开了一条智慧的巷道，巷道的阁楼里诞生了音乐的太阳。

阳光射出窗外，化作优美的旋律。无数百灵鸟唱着歌，在蓝天里飞翔。

三层的小木楼，是一个巨大的音箱，小提琴、大提琴、钢琴都在纵情地歌唱，让整个世界有节奏地颤响。

明月从蔚蓝里升起，绿草在荒野上萌发，幻想变成朝霞，宁静酿造圣洁的月亮，女人的肌肤散发玫瑰花香，男人的臂膀挽着大海波浪。

木楼里流出了夜色的缠绵思念，木楼里流出了山巅的银色帷帐。木楼里抽出了爱情和友谊的心灵丝带，木楼里坠落了幽怨和离别的伤感红叶。

我不想离开这个木楼，我要守护在这里，多感受一下你血脉流动的热烈。

原载于《天山时报》2020 年 11 月 21 日

亲爱的黄姚（节选）

1

汤松波作品

黄姚，北宋开宝年间遗留下来的古老镇子，与甲天下的桂林山水毗邻。自然山水与桂林的模样长得惊人的神似，人称"小桂林"。千百年来，她在世人的视线里，都出落得如同一个好看的姑娘，风情万种，让人迷恋。

我是极为相信缘分的人。爱上就如同初恋那般，就缘于诗和远方对我的诱惑，抑或我对诗和远方的一种向往。古老的石板路上就听到了绵密的呼吸，听到了酒壶山上绿茶舞蹈的节奏，闻到了古老巷子里徐徐飘散豆豉香味……那呼吸，那节奏，那香气，自然而然地贯通了我血脉。

2

在古镇，我常常坐在带龙桥上，无须构想，这阳光和鸟语机巧排列在我的诗歌里。那些曲弯通幽的巷道就是我诗的骨骼。在很多时候，它们都有一种燃烧意识，时不时地释放出诗歌的天性。

夜幕下，一排排红灯笼，照亮了姚江的脸。一缕缕炊烟，摇晃着身姿，在游子的眼里不经意间就漫成了乡愁。我喜欢在这样的意境里，踏上青石板寻找平平仄仄的花句，喜欢倚着廊桥望着雁阵拍打寂寥无边的天空。

此时，云朵换上了新衣裳，停在姚江映衬的雕花木窗上，她要和流水送一程落下来的花瓣……岸边的杨柳，伸出细细的小手，依依作别。我站在一旁，默默地注视着这不动声色的一幕。花去也，明年还会朝着她以往的颜色和气质再一次向我绽放吗？姚江无语，转身就潜入我的血管里畅游去了。

月亮幽静地坐在真武山顶，等你，也在等我。多好的夜晚啊，当我牵着你的手走过带龙桥的时候，一尾尾精致的锦鲤，在月光里抢食着我们投入姚江水的身影，甜蜜亲吻的样子，让人一辈子都忘不了。

3

在黄姚古镇，我遇见了何香凝和欧阳予倩，一个是丹青高手，一个是戏剧大师。丹青高手打开了她的画布，在填入酒壶山、填入姚江的同时，也填入了辽阔、寂静和风吹不散的灵魂。

而古戏台，则是戏剧大师营造的风景，那些从盈盈水袖甩出的故事，从民国辗转萦绕到今天，依旧在百姓把盏而乐的口中徐徐展开，极富生命力。

我知道，无论是何香凝，还是欧阳予倩，他们行走在黄姚的时间里，也把黄姚的风雨、坎坷、江河、山峦一一酿进了他们的生命。

我确认，他们的生命，开创了黄姚意义上的文化河流。河流之上，或画或戏，或展或收，都见风骨、魂魄和婵娟。

大师在前，我小心翼翼地紧跟其后。虽不能望其项背，但我常常在古镇里幽转时想象，如果灵魂能得到一点点这样的滋养，我的余生也该有一种令人羡慕的丰沛。

8

这些年在黄姚蛰居，我对古镇有了更多的感情。与古镇有关的花啊草啊，以及龙鳞台、姚江水，萤火虫和凤尾竹都成了我的亲戚。

古镇很小，却连接着三个省区的土地和天空。在巨大的天空下，在千山万水间，我想牵着一朵云，在满天星斗的夜晚，化作雨，落在古镇人家干净的屋瓦上，聆听古镇旧得发白的故事。

入冬了，树叶落下来随风飘去远方。每一片树叶，都是一方邮票，每一方邮票，都可以带着问候和思念找到邮寄的处所。当然，这些飘浮的树叶中肯定有一片是飞向你的，这是一个寄居山水的人能够给你的全部。

入冬了，我围着火炉，一碟豆豉鱼，二两黄精酒，就构成了我心中的庙宇。我常常在酩酊大醉后走出庙宇，长时间坐在古老的石凳上，就像坐在母亲的身旁。我坐在这里，守着自己沉寂的心，等待春天的到来，等待时间的救赎，等待你动人心魄地进入我的国度。

亲爱的黄姚，我沉迷浸润在你的夜色当中了，今晚有风，在风的搀扶下，我在古镇太平门的拐弯处回望，回望岁月留下的慷慨，回望年华美好的遇见……

回望黄姚，花开有声。

回望古镇，一眼千年。

原载于《星星·散文诗》2020年第12期

这一条河的怀想

运，是一个动词。与流动的水结合，生发无限的生命活力。

古老的河流，自春秋始发，北起北京，南至宁波，一路蜿蜒曲折，在中华大地书写独属于它的辉煌巨著。从一滴水，到无数支流，纵横的水系，四通八达，创造了一个又一个人类文明的奇迹。2700公里的长度，非一日造就，那里有一代又一代勤劳人民的贡献。一双手，又一双手，他们是夸父、是愚公、是另类的精卫，以人海的力量和智慧，开凿出一条世界之最的中国人工大运河。

隐秘的历史，在悄无声息中改变了前行的方向。

回首，有多少风云已化作沧桑一笑？今天的你我，是否能沿着潜伏的线索，找到最初的那一声号子？截一段封存的记忆，拂开浮尘，大运河，我不是过客，我是离人。

原载于《散文诗》（上半月刊）2020年第10期

天涯作品

墙壁上的鱼（外一章）

墙壁上的鱼长着我的面貌。我抓住它，它就流失。

我努力用肉眼解剖它的肚腹，剥开里面波澜壮阔的草原，用我的鼻子做成，雀斑是草原里无人见过的奇异之花。

我继续解剖，打开它弱小的细胞，掏出它从我体内偷走的狼眼。

紫色的狼眼，在夜晚通过墙壁之手临幸我的床榻，往里面注射一种勇敢液体，长久地蜷缩在恐惧之中。

我死死抓住空，它仅存的肉身，放到自己的身上。

成为崭新的自我——跌不痛的风，在身体的草原里获得虚无的救赎。

特殊的绿植

我是特殊的绿植，故把土抹在我的身上，培养我隐秘的生机。

一颗裸露的种子，如何用有限的覆盖温暖自己哭泣的思想？

田凌云作品

129

一个我成为手臂之我，一个我枯萎于手臂；一个我从脚底长出稳定，一个我从另一只脚长出流浪。我是美丽的怪物，以一种特殊的绿植，生于昼夜真实的想象。

以茂盛的奇怪为美，我不断地寻找水源浇灌身体的种子。

自我的藤蔓最终伸出地球，抚摸着银河孤独已久的脸庞。

我和宇宙通婚，最终长成地球，住在太阳的肚子上。

冰凉如水、如湖做的光。

将想象做成手捧的空气的礼物，珍贵而巨大。

而我非我，非我即我。

原载于《星星·散文诗》2020年第2期

木龙河畔的夜谈

那晚，我们是骑着自行车从塘汛住地，穿过孝节牌坊，来到木龙河畔的。

那时我们都很年轻，意气风发得不懂什么叫脚踏实地，什么叫谦卑做人。

我们不顾草丛里蟋蟀们的抗议，无视不远处那些明灭不定的农家灯火，大声地交谈，没心没肺地笑。青春和梦想，像得到默许的彩色灯笼，从木龙河畔升起，将正在拔节扬花的稻田和默默赶路的河水照得都有些羞涩。

夜色也像被我们的话题和笑声吓住了，在我们的高谈阔论中悄悄退去。

现在，我已经记不起那晚在木龙河畔说了一些什么，也不知道和我一起交谈的两个伙伴，后来都去了哪里。

那晚，我们应该没有谈到南湖旁的六一堂，没有谈起画荻教子的故事；

应该没有谈塘坊坝的孝节牌坊，竖立着古往今来怎样做人的道义；

没有谈越过涪江去攀登笔架山的事情，没有谈我们坐的地方有一天会成为城南新区，稻香和蛙鸣只能不甘地远去；

没有谈涪江会在这里被惊呆，一号桥会在涪江上横跨东西，二环路会在这里盘根错节；

没有谈会有一群又一群的人在这里铺开经开区的图纸，让一片新城在绵阳之南落地生根，长出无限活力……

那晚，我只记得抬头的时候，不远处的拱辰塔像一支充满期待的笔，蓝黑的夜晚也像一张望眼欲穿的纸，似乎就在等谁的目光转过来，就在等谁的手伸过来，把未来的日子，画出来，再种下去……

原载于《剑南文学》2020年第5期

河流的变奏（外一章）

原本一碧万顷，一瞬间，河流便神奇地变化了面孔。

风乍起，吹皱一河春水。渐渐的，水成了鱼鳞状，屋顶的叠瓦，松树的树纹，人的泪痕，蜿蜒起伏的山坡，发光的项链，微笑的眼睛，跳动的火焰……

突然间，无数个问号排阵而来，波浪做着蹦极跳的游戏，一会儿是骆驼的背，一会儿是变色龙，一会儿成了刺猬头，一会儿海豚在跳舞，一会儿蝙蝠漫天飞行……

一个骑兵旅奔驰而来，腾起的尘埃挡住了视线；一只大船翻倒进漩涡……

一把巨大的无弦琴，演奏着千古不变的主题：时光。

笼中鸟

一边是笼中鸟，一边是树林中自由飞翔的鸟，两者似在对唱。

你猜猜，谁唱得好听？

出人预料。笼中鸟：婉转，清丽；自由鸟：霸气，单调。

自由鸟总是在追逐爱情，不厌其烦地重复着同一个曲调。

失去自由的鸟，默默把爱藏在心底，终于修炼成音韵丰富的歌唱家。

原载于《天山时报》2020年5月9日

林芝之密（节选）

1

很欣慰造物主在世界屋脊的地方，安排了一个林芝，一个波密。初听名字，会将林芝听成灵芝，将波密听成波罗蜜。都是养人馋人的东西。

你看古错湖、易贡错湖那一个个叫错的蓝，被天空抱在怀里，你就知道，错在这里有着另一种美意。

圣洁在每一片草叶上发芽。云开出纷繁的花朵。水波中传出好听的歌唱。波密，一波一波的密码，自冰川时代泄出。

由此你知道先前浪费了太多的表情，本真的真实，在尘世之外。

2

我在这里看到蓝，大批量的无法言说的蓝，真真切切地布满大地与天空。

那种上气不接下气的蓝，那种目瞪口呆的蓝。

你没有见过这种蓝，你就总是在想往中，在沉重的雾霾中，在闭锁的屋子里孤单。

我不能发视频，蓝不在信号中。我也不能打电话，我就是把蓝说得天花乱坠，电话那头也还是不能明白到底是怎样的蓝。

我恨不能把蓝收纳进一个容器，带回去让你看看，这色香味俱全的蓝。

总之就是，来到这个地方，我独自奢侈，独自陶醉，独自狂欢。

8

晚间的篝火成了热闹的中心。人们的热情开始燃烧。火焰熊熊，汉子们的袍袖掀成高天的雄鹰，女人们的发辫翻作奔放的细浪。

洪亮的粗吼和着尖细的嫩嗓，把人的心都喊碎，一个个一群群加入进去，就像一股暖湿气流沿着雅鲁藏布，进入帕隆藏布河与易贡藏布河，河水带着风恣肆地翻卷。

每个人都将真实的自己打开来，都将无邪的真情献出来，歪斜、歪斜，起伏、起伏，跳荡、跳荡，夹杂着呐喊和吼唱，夹杂着汗水和泪光……

你或许没有记住谁，或许谁也不认识你，这样，你才放肆，你才释放。

高高的喜马拉雅，高高的念青唐古拉，在篝火的阴影里摇晃。

10

嘎朗村，是嘎朗王朝留下的一块宝石。

鲜花水草簇拥的嘎朗湖，现在成了黄鸭、黑顶鹤的王国，大雁以公主的姿态，显得矜持而含蓄。雪山和森林在湖中深藏，深藏的还有村庄及村庄前的藏女。云气绕湖而行，将无尽的清爽赠予远来的日子。

想象不到，嘎朗王宫曾在湖边矗立。有了嘎朗王朝与这美丽的所在，才悄悄诞生出一个值得夸耀的波密。

一部藏南的大书，林芝若是封面，波密便是扉页。

如果将林芝说成一个少女，波密就是少女的一件佩饰。林芝喜欢这件佩饰，时不时地闪露一下。这样，波密惹人，林芝也惹人。

原载于《散文诗》（上半月刊）2020 年第 11 期

雪域札记（二章）

流星已让春天受孕

添过油之后，长明灯发出淡淡的蓝烟，经年累月的燃烧，仿佛还在产生新的想法。

如果知道了为什么活着，一切苦难都会变轻，灰烬和黑暗都不是结局，心尖般闪烁的光才是谜底。

落入凡尘的流星已让春天受孕。

他们有的诵经，有的要收割夏天的粮食，还有的取名卓玛或扎西。

高原概括的人生，并不在书卷里呼吸，草尖上传播的诗意，早已被牛羊阐释。

所有藏袍裙裾都在返青，五月跟小马驹一起分娩。

雄鹰把高度含在嘴里，雪杉把深度攥在根部。

阳光慈祥，雅鲁藏布把浩大的恩养，滚滚推向人间。

大河连通我和高原的血脉

在无法静止的临界点，一切沉潜和孕育终将浩荡。入海口那儿，缓缓蠕动肢体的土地，就像黄河刚刚生出的婴儿。

高原母亲在云端祈祷，天空的纯粹被慈悲洗亮，盐碱地里的小枣，遗传了深邃的高原红。

在平原宽广的黄昏里，炊烟移植了桑烟的亲情，顺着一条大河的记忆，我可以从故乡走到天上。

九个古老省区和他们的悲辛，被一条河水缝在一起，我有无法澄清的伤痛，要到最高的源头寻找答案。

风是蓝色的，闪电和雨水都会沿途加入，芦苇的队伍从三角洲启程，一直排列到鄂陵湖和扎陵湖。

施恩不止的冰川隐居尘世深处。

在一群候鸟身后，是我百感交集的心跳。

原载于《天山时报》2020年10月24日

桃　花

我们的嘴说出真实，我们交换黑暗的词。

——保罗·策兰

1

桃花在三月醒来。一个人将怀念推上枝头，内心每一滴透明的汁液，仿若桃花用日光讲述命运细小的部分。

桃花低语，云雀和月亮在倾听。那被沉默俘虏的人，从虚构的场景里取出她身体里的光与美德，心灵在语言的长廊中逡巡。

春天来了，是否要时间的大钟为内心的城堡再次轰鸣？桃花无法建筑昨夜的雨水和黑暗，无法建筑契约、火与黎明。枝丫伸出浩浩荡荡的诘问，她捧出月色，但我无法用冰凉的诗句敲醒她的秘密。陈旧的拥抱与辛酸的路程在春天化为齑粉，化为生锈的月光，宛若桃花的灵魂在大地穿行。

你可以擦去她的身世，却不能抹杀她的尺寸。她是音乐，但不是音乐本身；拥有爱，但不独占。一瓣瓣桃花在我的叙述中纷纷登场，又黯然撤离，花瓣溅起的灰尘清洗人间伤痛。

2

没有任何事物高过生命，没有任何阴影高过爱情。时间的废墟佩戴着荣光和大地的苍凉。

纯净但不完美的桃花，只要我驻足，她们就扑向我怀中。燕子斜飞，它剪刀似的尾巴将谁的话题岔开？时间的流水潺潺。桃花是天使的羽翼，也是月亮的妹妹。她丰腴的双乳晃动，粉红的面容挡住月亮的去路。云朵落在湖面，如初吻落在夜晚。

炊烟，幸福，爱情，到底哪一样最值得怀念？撇开爱和彻骨的寒冷，一朵桃花仿若一个人成长曲折的进程，要承受多少生命中不能承受之轻？

谁的寂寞落地生根？是谁把红颜读作天涯，在桃花的词根里暗藏了颜料、句法和清音？时间犁铧般开辟肉体。这神的坐骑、音乐的人质，在天空的闪耀中坚守肯定与否定的光，分蘖的姓氏在大地上留下语言的把柄。

月光打碎花瓣，这是神的创意。桃花在一张旧照片中怒放，犹如词语在词典的阴影中鼓掌——桃花概括了整个春天，然后返回纸上。

原载于《散文诗》（上半月刊）2020年第7期

鸡鸣（外一章）

总在夜的最深处，递来第一缕暖暖的问候。

每天，以一种奋进的姿势，把头伸向东方的苍茫，在浩渺天宇里，牵出第一缕光明。啼血的歌唱，在染红的云中，惊起希望。

所有的白昼都在积蓄力量。所有的痛苦都在欲振的双翅下隐藏。稳健的双爪紧紧攥住夜的分寸。

光明，一段一段从喉管里向外蠕动，吐出来，便是漫天的辉煌。

蛙　鼓

在农谚里发芽，一组韵脚整齐的诗歌开放在盛唐的水面上，仄仄平平。

这是夏夜里我倾听的最优美的音乐，自天堂里流泻下来，选取其中任何一段浸泡开来，都是一杯酽酽的民歌，醉倒所有晚归的农人。

划破夜的静谧，蛙鼓，从匍匐之中走出的声音，使夜的情绪昂扬起来。无论长或短，都属远古滚动而来的锈迹斑斑的钟声。从此，农历六月常常拱出水面，奏鸣。

蛙鼓，紧紧咬住属于自己的季节，使昂起脖子的岁月，更富有了神韵。

原载于《星星·散文诗》2020年第2期

王忠民作品

窗棂外的秘密

沉默的街道，沉默的月光。我的迷醉和思想尾随众人的脚步摇摆前行：我辞酒而归，沿路将秋风放进衣袋，将白天的愁苦与事物放进夜色。

今夜，放眼城市的灯火，酒气已经使我的脸庞发白，而我的理性开始由明渐暗。时光再次合拢，我的手指与情愫慢慢流血，许多鸦鸟从院内飞出又从院外飞回，并且蜷伏于墙角。你看：这时鼠辈大行其道，天空亮一阵暗一阵，昨晚众鼠倾巢而动，将我秋时的谷物悄声搬走；而域外也像一锅粥，百只黑鸟蓦然在我后院的林子盘旋。

谁去戳破世间这层既薄又厚的纸？如今我一点也看不见清窗前的景物，而只有若蟋蟀般声音隐约从域外传来。

这道窗棂外的秘密：这道世间的符咒！

原载于《星星·散文诗》2020 年第 10 期

【XIN】

外 婆

外婆死了。

与土地打了一辈子交道的外婆，回到了土地，继续耕耘春天，提供食粮。墓前是一片青松，随着春风发芽，油菜花开得正好。

这是一种安恩吗？死在生前的命里，与土地、庄稼为伴……

谁又知道呢？阿尔茨海默病早就收回了一切，关于村子的记忆，关于儿女，关于漫长的经历与辛劳——

一个土地的长工，与土地搏斗是宿命。一个土地的长工，也会忘了一片土地的伟大。

如今，我学着像逝去的人一样，活在自己的命里，做一个新经济时代的长工，与互联网、电流为伴。

在网络写墓志铭，也写难忘的得与失。

夕阳总是渲染着石头内心的色彩。黑夜之后，我听到一条小蛇前来敲门，弯弯曲曲爬行的姿势，像极了通往外婆家的那条小路。

土地是护身符，外婆住在里面，世界的秩序依旧一往直前。

我还在对生活软硬兼施，却从未怀想一条小路的终点？

　　春日已逐渐蔓延其中，这条短暂的小路，并未指引我认知到死亡，见识到呻吟与死亡的交叉点。

　　谁都未曾想过去与留。就像此前，外婆一路向前，尽管遇见恐惧与哀伤，尽管曾经愤怒、摔家具、打小孩儿，抱怨孤独。

　　但如今，高高的松林边上，只有一个温暖的墓穴，等着时光侵蚀。

原载于《扬子江诗刊》2020 年第 6 期

西伯作品

在韩家荡，做一朵快乐的莲

1

第一次来到苏北响水，是因为响水有个韩家荡，因为韩家荡有千万朵莲花在等我。

因为，与莲花一起等我的，还有我的好兄弟——诗人老风。

此刻，他正端坐在韩家荡的"老风书屋"，与诗友们品茗论诗，给粉丝们签字赠书。

书香盈室，荷香盈怀，诗香盈心。

响水是老风的故乡，韩家荡是老风的牵挂。

老风也是韩家荡养育的一枝莲，一枝特立独行、卓然不凡的莲，有"出淤泥而不染"的高洁之质，有"濯清涟而不妖"的君子之风。

老风是个有温度的人，为了心中的理想，风一样走向远方。但他的根还在这里，他如藕的乡愁还在这里。

荷风徐来，"老风书屋"弥漫着芬芳的韵律……

2

七月的韩家荡，是莲花的世界。

白的莲，粉的莲，红的莲，紫的莲，蓝的莲……

含苞的莲，怒放的莲，亭亭玉立的莲，枕水而眠的莲……

一朵，百朵，千朵，万朵……

朵朵莲花，都举起了斟满芬芳的杯盏！

莲花，俨然是这万亩荷塘的主人，正热情地迎迓纷至沓来的赏莲人。

一群慕名而至的女诗人，像一群从"乐府诗"中游出的鱼儿。

那座名为"天荷台"的小亭，成为她们与莲花媲美的舞台。

你看，三色堇的红裙令红莲含羞，爱斐儿的黑衫让墨荷逊色，娜仁琪琪格的白袍比白莲白得纯粹，语伞的紫衣比"紫珍妮"的梦更为灿然……

一群写诗的女人，像一群五彩缤纷的锦鲤，欢快地嬉戏于莲叶之间，忽东忽西，忽南忽北——

风姿绰约，风情万种。

3

在韩家荡，我与一朵莲花对视。

在圣洁的莲花面前，凡俗的我自惭形秽。

我低下身来，屏气噤声，沉默不语。

面对莲花，我不敢说自己善良，更不敢说自己纯洁。我怕浊言一出，会弄脏莲花冰清玉洁的梦。

我知道，禅坐于莲花之上的佛，早已洞悉我前世今生的善恶。只是我性愚顽，不能明心见性。

一直在人生的旅途上跋涉，难得停下匆匆的步履，难得卸下漂泊的疲惫。只知路在脚下，却不知心在何方。

此刻，在韩家荡，我与一朵莲花默默相对。远离了红尘和纷扰，远离了欲望和诱惑。

我只想，只想做一朵快乐的莲。

不计成败与荣辱，不问前世与来生，在轻如时光的碧波之上，欢快地舞蹈，尽情地歌唱。

原载于《散文诗年鉴选刊》2020 年秋季卷

彼时（外一章）

阳光一寸寸吻下来，透过叶子的罅隙，由浅及深。
人世之美，从左眼看见光，开始。

左眼，通灵；右眼，顿悟。
左眼望去，光影斑驳，紫薇带着宿命的色彩，
或纯白，或浅紫，或娇粉，或深红，拥挤得有些啰唆。
右眼望去，枝头的木槿，花瓣有丝绸褶皱的质感，
无规矩，又性情，率真宛如山间云。

我看见的欢乐，多与忧伤同在，有光必有阴影处，
有花必有凋零时。
比如人间情爱，抵达顶点之后，便会下沉。
比如有人敏感偏执，删了微信。
比如我们，在六月的缓慢中，消耗着，磨损着，
揣测着，幽怨着。

无非是慢一些，再慢一些。
通透和敞开。静默与沉思。哦，那最温柔的坚持。

雨 夜

墙纸上的叶子，像尘世中英雄的浮雕，悬空而立。

我困在积云的房间，记忆开始漏雨，这么多雨，复数和单数的，相同又不同，收进耳朵，滴答滴答。

时间无声的刀锋下，对着黑暗数羊，数星星，用诗句制造流星雨。

时光把人抛，少女江湖老。

七成人在梦里，二成人在做梦的路上，剩下的在清醒中老去。

眼睫毛像灰色的蛾翅。

我们皆是飞蛾，亦是火焰。

在黑暗的角落，有一个神安排的小天使在值夜班。

此刻，没有什么修辞，可形容伟大的理想。

我写过的诗，寂寞如野中蔓草。

原载于《散文诗》（上半月刊）2020 年第 3 期

小葱作品

153

除雪记

刚结冰的湖面寂静无风。

剔透的冰晶形成精美的结构。雪一层层盖上，为冰底的鱼拉上帘子。

因为有梦，这一切不会被刻录进午夜星辰的光盘。

把自己藏进雪中，我的孤独比雪更隐身。雪越厚我的孤独越感到踏实，暖和。我舍不得将它们从来路上移走，舍不得将一片白从山水中删掉，暴露了隐居者的歌声。

此生有限，而灵魂尚在童年。还有未开蒙的顽劣，还会在树枝上来一次弹跃，让乌鸦和喜鹊惊诧自身的属相。

我也曾经像你一样单纯，相信乌鸦的借口。把自己裹起来——用一层一层的雪，直至自己也信以为真。

有人说过，长时间做任何事情，都会熟能生巧。扫掉雪，是一次绝好的培训。

十个月以来的第一个客人会带来什么样的消息？我把雪扫到自己的周围，在外圈留出通道。冰层下面越来越蓝，更深的地方，复杂的道路系统联起一个微观的城市。

　　我用雪又把它们覆盖起来，那里有人间失传的秘密。

　　我不能把这告诉你们，不能把一个珍贵的夜晚消耗在星辰的燃烧中。

　　雪停了。客人已在来的路上。我爬上最高的山峰，扫整座山的雪，填满所有道路。让湖面的寂静在风中，再一次捕获我的灵魂。

原载于《上海诗人》2020年第5期

雪一样的白（外一章）

南国乡野的野花，自然绽放，与空中翩翩起舞的蝴蝶合而为一。

扎蝴蝶结的小姑娘，跟着妈妈画白雪。

她在一张白纸上画白雪，始终画不出那白雪的样子。

妈妈摇摇头，提示她："知道吗？是雪一样的白，纸片一样的飞。"

聪明的小姑娘，交了一份聪明的答卷：她在一张白纸上，画了好多好多个圆，又剪出好多好多个空。

妈妈为之鼓掌。小姑娘欢呼雀跃。

一张白纸变成许多翩翩起舞的蝴蝶，飞进妈妈的怀抱。

回乡记

父亲祭日那天，我开着新车回庙子湾。

点一支父亲喜爱的香烟，在父亲坟前跪下去——

"父亲啊，您就瞑目吧，村里新筑的水泥路，正从您面前向山外蜿蜒，沿途都是您熟悉而陌生的山水。为此，我买了一辆新车，告慰您。"

沿着父亲的梦境，我原路返回城里。

夕阳西下。阳光洒在村道上，耀眼的光芒刺痛我的眼睛，恍若40年前，我蹀躞于崎岖的羊肠小道，一路追寻远方的风景——厚积的雪，多么洁白！

几缕邻家炊烟，扶着晚霞赶上来，把我送到庙梁上，再现40年前的场景。

原载于《天山时报》2020年5月9日

花园里的绿哲学

种子刚出土的时候，难免要面对头顶层层叠叠的阴影。可向日葵从未迷失，它不追随细碎的光线。它懂得那唯一重要的，是确认太阳的方向，他要所有的阴影臣服于生长。

常青藤的身体柔软，可驯服任何一种嶙峋。香樟也是，它没有一片叶子是多余的，可如若被砍去，也没有不可放弃的手臂。看似随遇而安，它们信赖的，其实只有自己的根系。

一会儿会有人来，他们会像风一样说话，也像今天早上的露水，随来，随散。他们大都没有根，只有一小部分人跟你们一样，果实有外壳，花了很久学会了甘甜。

无穷的声音进入我无法关闭的耳朵，世界从最细微的毛孔潜入我。万物彼此吐纳，分不清谁是谁的果实，谁是谁的花朵。我们无力相互割舍。

只要还有光，每天你都长一片新叶子。每一片都有着相似的轮廓，和仅属于今天的脉络。直到我看着你就获取了你的履历，才懂得你的生活就是，把每一天都变成叶子，长在身上。

它们按时枯萎，种子包裹以甜蜜的祝福，从不妄求不朽。它们适时生长，在突然回暖的深秋，也会孕育突然的花朵。它们不依不饶地破土千万遍，像是某种真相。

原载于《扬子江诗刊》2020年第4期

徐小冰作品

砖

万丈高楼从砖起。故乡的矮瓦房也不例外。

我和哥哥姐姐还有一头老水牛，反复踩踏的黄泥巴，堆成了一座山。

父亲把它切割，切割，再切割，和成一个个一般大的泥团。高举，往一个木匣子里，使劲一砸，一块砖就成型了。

多么方正，笔挺，英俊。

一块砖被阳光、霜雪风干，被放进土窑里，用柴火炭火煅烧。

浇水就是青砖。

不浇水就是红砖。

砖的品质在于火候。更在于像脊梁一样的扛和担。

砖被城市的钢筋水泥终年囚禁。砖在故乡的残垣断壁喘气。

砖和我一样，是命运手里的一张牌。

原载于《上海诗人》2020 年第 3 期

山塘桥（外一章）

曾经是一块块巨石，经历了怎样的捶打，才成了山塘桥上的青石板？一座桥，要经历怎样的风雨和磨炼，才能像山塘桥那样从容不迫？

山塘桥，一头扎进历史的长河，一头向着未来延伸。伫立桥上，仿佛有千年的桨声隐约传来，而那片小石子溅起的水花，可是千年前的那一朵？

一座桥，就是一段历史的见证，谁能读懂桥沧桑的心事？

"岁月失语，惟石能言。"我踩着光滑的石板桥轻轻走过。

村　庄

撑一叶小舟，深入水乡的脉络，一条河从远古淌过来。

一根竹篙撩拨水中倒影，摇曳农家人丰硕的喜悦，清甜的果香悠然飘来。

村庄的午后被水洗过，清澈，浅绿，连秋虫的鸣叫也纤尘不染。循着江南水乡的梦，我被欸乃声泛起的涟漪深深感动。

许小婷作品

米饭香，鱼虾鲜。一条河流，给了村庄恒久的馈赠：曲折，蜿蜒，峰回路转。

原载于《天山时报》2020 年 10 月 24 日

乌伦古湖散章（节选）

2

秘密深陷，蓝色系住天空，澎湃教我认知万物。

湖承担茫茫戈壁的交通运输：风。流沙。月亮。尘埃。雨水。

湖供旅游、休憩、疗养，如大树上的果子，摘不光的。

为了合理理性使用，政府定期休渔。

蓝色平静，是因尊重了自然的规律。

4

在阿勒泰的哈萨克，灵魂里有海。

黄昏，我到一户人家投宿，自然而然，把肩上的风，拂入悠扬牧歌。

被肉汤滚烫的芬芳熏陶，一碗奶茶之后，我会彻底安静，我接受命运。至于门外的秋天，还有隐藏的消息，都将回到湖底。

薛菲作品

5

第四纪晚期的拗陷，浓缩为湖，额尔齐斯河像宽厚的兄长陪伴。

风喜欢停在最平静的驿站，以海与福海鱼的名节要求自我。

布伦托海、吉力湖两兄弟组合，河口苇丛茂密，苍苍杂草野生，野鸭、海鸥、白天鹅的声带中，我看见，湖水打开纯洁的呼吸。

6

鱼类是虔诚的朝圣者，吞吐中，掀起水面的波纹，填平了戈壁，海底坡降平缓，湖水清澈见底，10公里的银色沙滩，云的欢愉，冲浪、滑板、划船、游泳，鸟，回忆这一切，回忆如翅膀般亲切。

阿尔泰山投下金灿灿的光芒，被乌伦古湖的银碗盛放。

原载于《西部》2020年第5期

一株遗落在田野的麦子（外一章）

亲爱的人间，我已经记不清我的模样了。

努力地回忆，从攻破土地的那一刻，我嗅到多么清新的空气。大片的绿，我在其间，多么自信。顶着寒风，裹着瑞雪，茁壮成长。开心地吐蕊和抽穗。转眼间，我也是一粒饱满的麦子。

我没想过会被遗落。

田野是肥沃的。金黄的消息一天天揭晓。

我站在田野，对每一个人都微笑。那真的是发自肺腑的笑，我没怀疑过，我相信人们也没怀疑过。

可是我被遗落在田野。我没有机会在餐桌上和食客开怀大笑，更不能目睹人们酒足饭饱的神态。

我在田野，独守清风苦雨。

我煎熬着，苦盼着，信守着麦子的承诺。

我撕裂，我尖叫，可是人们毫不在意。

没关系，我可以重新发芽。但我错了，发芽在错误的季节，只有被人们连根拔起。

我悔恨我连做一株麦子的机会都没了。

亲爱的人间，被遗落不是谁的错。

亚男作品

阿莫西林

我疼痛，无力支撑夜的黑。

酸软的气候，浸入的细菌和病毒，已经无法清除掉骨髓里缺失的坚韧。风啊，毒性十足。

我站在江边，希望江水洗涤。

可是，一粒阿莫西林，改变了我的认识。

其实，也没有必要埋怨。

肌体的虚实，我用每个早晨的呼吸来弥补。

昂扬的夜，在遇见你之后，你就是我这一生唯一的一粒阿莫西林。有没有副作用，我不再思考。

那些孤独和忧伤，不过是我在这人世间不可靠的一种意识。有些绝望是在自欺欺人。

如果一片药，有神力，那也是在感情崩溃的时候。

现在，我担心不是药效。

而是，一日三餐和安静的睡眠，不能影响情绪波动。

当然阿莫西林只是象征性的，是不能根治病灶的。

而你，却能。

原载于《天山时报》2020 年 4 月 18 日

亚男作品

一朵花从枝头滑落（二章）

车过哈密

夜幕刚刚降临。哈密，一个多么温暖的名字就这样闯入了我的记忆。那一年，我想念远方，想念故乡的荷，是否已经漫过多情的山冈？

可是，西域正是山花烂漫的季节啊。牧草正肥，羊群舒展着筋骨。一只鹰在空中盘旋，等待一场厮杀降临。

狼群逼近了毡房。这草原的幽灵风一般，从山谷涌来，又迅疾消失在大山深处。而古老的草原不相信眼泪，只相信英雄的传说落地生根。

一朵花从枝头滑落

那个夏天，我在草原漫步。微风徐徐，洋溢着花香的空气，就像一坛陈年老酒，在时光深处，把灵魂重新点燃。

阳光依旧热烈，牧草拔节的声音若隐若现。遍地的山花呀，高昂着头颅，在风的伴奏下，跳着精美舞蹈。

而追名逐利的蜂蝶，从这朵花飞向那一朵，忙忙碌碌，把最后的贪婪酿成酒……可惜啊，这纯美的花，只开在春天的草原。

走在山花摇曳的天空下，心中升起一种圣洁之感。哦，这美丽的花瓣，如此热烈而多情，不经意间，也会重新点亮枯萎的人心吗？

风无言，一朵花飘飞着从枝头滑落。

原载于《中国作家》2020年第5期

夕阳诀（外一章）

日日放马过西山。

且立一碑，记日月之功名。

结籽的现实都成了往昔。

溪山清远，静穆的黄昏中，幻想谋断有道者，诵辞赋，读经卷。

他模仿了多少古人。

渐起的暮色，掩隐了多少肉身？

苏醒的旧时光，与一片片落红，缓缓奏响不眠的祷词。

因　果

暮色如盖。云淡风轻。

一只鸟载着我一起飞翔。

自然的力量正沉默着隐藏锋芒。

世间多疾：孤疾与民疾，隐疾与显疾，旧疾与新疾——

不外乎罪愆无数；

不外乎涅槃放逐为喑哑的丝绸；

不外乎重重迷境里反复锤炼的因果。

原载于《天山时报》2020 年 9 月 29 日

西夏王陵的黄昏（外一章）

秋日黄昏，贺兰山下的旷野布满金黄的光线——

九座王陵矗立，雄浑，坚韧，靠着一个王朝的背影，静静诉说昔日的辉煌和衰落。

苍茫风雨之中，似乎能听到党项人的铁骑，自塞外嗒嗒而来。北方大漠，一个马上民族，遥控一段悲壮的历史！

九座王陵宛若九座金字塔，头顶蔚蓝的天空和游弋的云朵。贺兰山东麓的旷野之上，飘满了不落的传奇。

梦回西夏，那扇神秘的大门已经洞开。游牧民族的马蹄踩过万物，迁移，奔袭，突围，激烈的战争，苦难的历程，涂上苍凉、悲壮的色彩。

而当蒙古大军袭来，西夏末主李晛投降，不久后被杀害，一个短命的王朝覆灭。留下了独特的文字、陶艺等供后人玩味。

如今，漫步西夏王陵，听秋风吹过，昏黄光晕中，一段故事随风飘散……

在镇北堡

是苍茫之城——

当黄昏悄悄来临,我愿在古堡里转悠,看每一截城墙头顶无限苍凉,夕阳的余晖铺洒而来,人间的烟火不灭,作坊、酒肆、皮影、草编、泥塑、剪纸、烫画、布艺、刺绣等一起装饰古典的生活。

此刻,琴声悠扬,泪水全无。

月亮门居高洞开。

像一个戍边将领,我在黄昏的光影中巡查,古朴、原始的空旷中,有悲壮的嘶鸣自贺兰山下传来,汹涌的马蹄,踩踏苦寒的边地。

在镇北堡,我迷恋于千古传奇,月光与旷野之中,我更愿眺望一轮明月,轻轻照亮大漠、孤烟!

原载于《星星·散文诗》2020年第6期

杨建虎作品

当 湾

1

要怎样才能患上神以灼热之星设置的梦游症？要怎样，才能成为那个一次次穿越泥土的歌者？

你的祖先还系在门外那棵梨树上。他们嘹亮了六种季节。他们从草丛里摸出半片月影，搁在我的肩头。他们怀揣斑驳的星象，像揣一把稻草经历的灯谜。

我想在乡土上刻写黝黑的神话，或者骨头之痛。雨滴复制的生涯高于神示，高于木凳上的天穹——我想在乡土的缝隙里，塞进一些，另外的风雨……

谁手握澎湃之夜，站成杉树下斑斓的忆念？一条窄路通向梦境，其他的路前往何处？谁，走走停停，被梦的光芒，一次次，推向墙角？

要怎样才能习惯最为漫长的遗忘？村落在身体里，发芽。死去多年的人端坐路口，他指点的方向，浮现你早已熟知的山色——

要怎样才能适应幸福？你从裹满指纹的泥土中走来，有草根的杂症，有泉眼半掩的辽阔——风声遍布的爱憎铮然有声。还要怎样，才能翻过，我们瞩望已久的星空，以及诺言？

2

还乡的人，校对着有些卷曲的脸色。

星星预留的锋芒仍须砥砺。你在星光的哪一次闪烁里跃动？还乡的人，走乱了生涩的步履。

山川铭记的时辰需要你一一说出。你怎样说出？以什么方式去说？山川放弃的黎明，又堆满了，我们凌乱的足迹。

旧墙。镰刃蘸着露水。桑麻被一页失效的说明书覆盖。趴在风中的鸟，指出，你无法闪避的痛处。

墓碑与香案：院落中的椿树有值得修剪的瘦影，犬还是黑眉的样子。谁匆匆流泪？井沿的风，让草再次转绿。

你熟悉的鸟，带来陌生的啼鸣：有一种泥土值得人反复去死！有一种泥土，值得人不懈地，活着——

太阳照耀烛台。

你露出肋骨，太阳，露出黢黑的颧骨。

还乡的人，总会比四月多上一段泥泞的路程。他转过大片丘陵，在身影上做一个记号，然后，在一朵花璀璨的缄默中，默默接近，自己曲折的往昔……

3

一盏灯，亮着，我和你们的骨头被一次次唤醒。一盏灯，修改着多少人耐磨的喜悦。

土地殷红，我将身影搁于风中，闪电贯穿时代——蔷薇爬到高处，记住了我们命定的际遇。

金色水滴从旧檐上滑落。绛紫的爱憎，让麦穗摇曳。我在你坚守的花影里，翻越，大堆凌乱的太阳。

野生的幻梦，依旧有枝条般闪烁的美。河淹没了最初的星空，让我们，忍受住，反反复复的幸福——

我的骨肉被墙影击痛。十年前，你是一种怀想，莽阔；十年后，你在岩石深处飘飞，像诺言之纹，交错，灼热。

而此刻，站在凝望间的人，又将成为谁，饥渴的光阴？

——一盏灯，衰老。它的苦痛，没有回音。

原载于《诗刊》（上半月刊）2020年第4期

云霓之舞

一切都有暗中约定，只是我不知道罢了。

坐在前舱靠窗的座位，缓缓地飞升到万米高空。

啜一口热咖啡，往舷窗外一瞥：如此壮观的云海，恍如无边际的剧场。

始料未及的表演早已经开始。

没有疆界，没有边际，云海的舒展没有穷尽，仿佛可以抵达无所不及的自由之境。

永不停息，时刻在变幻。远处矗立的云璞，像陆地的峰峦，像舞台的背景，构建一个空间的地标，构建视觉上可以无限延展的空中剧场。

云霓之舞开始——

阳光照耀着洁白的云海，生生不息的云团列队漂流前行，仿佛前行的开路仪仗，急急地奔一个方向而去。他们要奔向何方？

看似轻盈飘逸的云海，蕴藏着万马奔腾的力量，云团已经凝聚了无数云朵为海，幻化为巨大的骑兵方阵，烟尘滚滚前赴后继。长风猎猎，吹散他们的队列，倏忽间队列打散又重新聚集，千军万马不回头地往前赶去——

骑兵方阵已经远去。

风来了，风像雕塑家的手，于是就有千万个飞天尾随登场。飘飞的裙裾，飞舞的广袖，袅袅婷婷的舞者，每一个形象都是转瞬即逝，来不及细看，漫天裙裾飘飞让人无法分辨。舞者是癫狂的，一个个如酒神附体。

顷刻间仙女全部退场，细看又是一片不可分辨的云海。

有时候，云海像一个不安分的巨大湖泊，湖底热泉涌动，那些涌动的原初动力来自何处？

陆地在哪里？这个并不重要。云海编织了巨大厚实的毡毯，严丝密缝地铺在天地之间。隔绝了人世间的烟尘，这样的隔绝让人感觉云海虚构了一个结结实实的大地。

云霓之舞在九天。你想九天揽月吗？浪漫主义文学曾经是让一个中国长大的孩子无数次遥想的美妙九天。

如今，九天触手可及，然而，你已经不是一个孩子了！

原载于《星星·散文诗》2020年第1期

古桥（外一章）

趴伏在桥栏上，杂树生花的两岸，窥得见民间烟火：几件竹篙上的衣服，两竹匾萝卜干。

蜿蜒河道边，水色烟光里，几个追逐的孩童。还有，还有我的不安、疼痛，和不敢触及的愿望。

曾经从喧嚷的河埠头，穿长衫的外祖父，拎着沉重的药箱，踏上桥阶，一个趔趄，又迅速恢复站姿，他在河水湍急的腥味里看着我，以一个老中医的犀利，而非外祖父的慈爱。

湿气浓重的旧胶片也许有点走形，但触手老石，隐隐觉出两个时空的某种关联，弯拱得恰到好处，延伸横跨的笃定，类似于祖父们的骄傲。

关于两端风云变幻的沧桑，侵蚀中被迫换下的条石，重新加固时骨骼的嘎吱作响，起点与终点的融汇重叠……

我攫住心头的洪峰，在河水从容的流逝里，叶片般轻软漂浮的身体，紧紧贴向他们的坚硬与稳固。

江水谣

水也是有灵性的，向西再向西，她的心跳渐渐清晰。我有幸见过她原初的模样——

慵懒而坦荡，微微起伏的乳房上，堆满了白云和星星。可惜在源头时间短暂，不能萃取她全部的秘密。

我的宿命早就固定在烟火浓密的中游，这里是她的一截腰身，被大坝卡着。每天我都能看到。她皮肤上荡开的一波波皱纹和疤痕。她隐忍，从容，依旧沿用源头的老月亮来计算经期，按部就班地养活着一群又一群，一畴又一畴。

只是我感到诡异——

雾霭之沉压得一座桥、一座城都在微微颤动，而她依旧平静地喘息，我还看到一些梦游诗人，像一丛芦苇，在她身旁，卸下口罩，大口大口地呼吸。

原载于《星星·散文诗》2020 年第 11 期

旅行（外一章）

杰克·伦敦的大海，杜拉斯的港口，海明威的雪山，加西亚·马尔克斯的丛林，沈从文的乡村，萧红的河流……读书和旅行，是两种不同的做梦方式。种种风景，在梦中出现，诱惑着我们，又在梦中消失，给我们留下内心的虚空和燥热。

命运通过旅行向我们显示无限的可能性：迷路，误点，改道，疲倦，兴奋，沮丧，急躁，艳遇，争吵，狂欢，孤独或者不孤独，放弃或者坚持……

然而，终究是一场梦。梦结束时，命运把你送回到既定的轨道上，留下一句不痛不痒的赠言：安分些吧，小子！

爱　情

爱情是一味毒药。如果你不掺水，不掺蜂蜜，不和其他食物做成拼盘，它的毒性足以使你疯狂，使你神志昏乱，你忘记了你是谁，他或者她是谁，你两眼模糊，看不清世界……

幸运的是：多数人服下的这味毒药并不纯正，它多多少少掺了水，掺了人工制作的假蜂蜜，或者和其他食物混杂在一起做成了好看又好吃的拼盘。它的毒性被稀释，甚至在某些时候，它的毒性被稀释得寥寥无几，就好像你从未服下这味毒药，你像一个精明的商人一样清醒、冷静……不过这时候的爱情已经变成了一个没有任何含义只有轻巧的读音的词，一个像蝴蝶一样飞来飞去的词。

那些端起毒药一饮而尽的人，那些坚决拒绝在毒药中掺水、掺蜂蜜，坚决拒绝把爱情做成拼盘的人——因为稀少而成为人类中的天使或者神。

原载于《星星·散文诗》2020年第1期

音乐之手（外一章）

孩子在弹莫扎特。

剧情迎来四重唱。

闭上双眼，听力控制了全身。使用任何一个音域说话，此时亦是僭越。

唯有钢琴的巨型喉管，才能说出人类命运的无形与悲喜。声部交错穿行，那缓慢、急促、纵跃的旋律颗粒，在拯救所有被爱恨遮蔽的心。

曲调的起伏和停顿，使音符以各种姿势，分别住进墙壁的细小裂缝、天花板的转角、棉质沙发的凹陷纹理，以及房间的每一缕气体混合物。

难以捕捉，这些轻与重的音色触须，正在解码感官，将歌剧中危险的雨夜，置换成了一幅绮丽的幻象。

悲喜俱无。

一个城市的下午，突出涌出山水、草木、鸟群、星辰的长队……仅仅在音乐的国度里流动、飘移，花体、藤蔓、石头、翅膀、光的仪仗，云雾一样漫过来，与错落有致的高耸的楼群推心置腹，在共同建造新的生活秩序。

你无法相信这是真的。时间重构了空间。

音乐指尖飞沙，耳朵像大大的沙漏。

未来的某天清晨

突然醒来如新的梦境。曙色插入——

窗外第七声鸟鸣之后的宁静。

拉开窗帘，振翅飞来的雾气拥有生命的形状。一滴露珠悬挂在仙人掌的刺尖，尚未过完短暂的一生。

如果使劲把身体向左倾斜，偏离美学的最佳角度，你会发现，一阵风与几片古怪的枯叶正在玻璃窗角扑打成一团。

所有的衰老都用童年笑出旋涡。

然后，时间磨亮一天的锋刃，你走在城市的街道上，如坐着高速火车奔驰在旷野里，十字路口像连绵起伏的山峦，你来不及观察和选择性赞美。

"我一天最喜欢的时辰，是没人找得到我的时辰。"*

---

*引自李立扬《我最喜欢的国度》。

你不由自主地停下来，被接踵而来的脚步簇拥、追赶、超越。每一个方向，都快速旋转着，像重新回到了母亲的子宫，却已失去全部记忆。恍惚中，人群里伸来无数手和礼物。

　　你想接住那飘荡的一缕。你也被迫接住了闪电不断制造的石头。

　　每一天都是这样。一切熟悉如镜中所见，陌生如镜中——你转身又不经意的一次回头。

　　未来仍需你去叫醒——声音，请各自加密。

　　　　　　　　　原载于《西部》2020 年第 5 期

杏子树

　　怀念一棵杏子树，是从它结果开始；想念一棵杏子树，是因为栽种它的人的离去。

　　祖父栽杏子树时，我还未出生，父亲也还小。今听父亲说起往事，吃杏子时反而更酸了。

　　杏子结果的一生仿佛人的一生。从小到大，从细到粗，从懵懂到圆滑，最后老泪纵横，一棵树经受风吹雨打，日晒雨淋，落叶归根。父亲经常说，你无论到哪儿，这最后四个字要记住并返回平桥。

　　村里有个叫杏子的女人，苗条淑女，却暴躁，爱吹牛，很懒。父亲说，她像一棵杏子树上的杏子，表面光滑，心里很酸。

　　我对此并不感兴趣，一切的美丑在我出生之前就已经建立，并持续不断。仿佛自然的法则，不会因为你的出现而改变应有的走向。

　　如今，杏子树很大，杏子结果很好，无论酸甜，这时间的馈赠，我们应该收下并心怀感激。

原载于《上海诗人》2020年第6期

西天目山记（组章）

大王树

　　就这么枯，枯死了。它还是大、大王树吗？

　　雨水顺着树皮往下淌，像流逝的时间，没有停顿。

　　二十多年后，当我再次踏上古道寻访。大王树，见证了我的执着和衰老。

　　"佑护来自一块块树皮？"一次次人为的肆虐——伤疤，像腰上的蛇疮。

　　这是西天目山的原始森林，除了雨声，还藏着诡异的空寂——

　　哦，像我父亲的大王树，曾离我最近，但最终远离。

　　我习惯在一棵树前弯下腰，显出原形。

蝉

　　一只蝉趴在树干上，另一只蝉附在树枝下。

　　它们安静得像两个树疤。

我用拇指和食指轻轻按住树干上的蝉，蝉刺耳地叫了一声。

而附在树枝下的蝉正往上蠕动，我的手指够不着它。

我的食指和拇指轻轻松开蝉，蝉又刺耳地叫了一声，飞走了——

这是我借助一只蝉，与这个尘世和解的方式。

想起余生

上午我从山上往下走，蝉声不绝于耳，我的童年，像那只不见踪影的蝉。

下午我从山下往上爬，看着陡坡边饱经风霜的柳杉，气喘吁吁的我已人到中年。

无论上山还是下山，我都在赶路。

鞋子快磨破了底，这是我与尘世摩擦的方式。

草木葳蕤，溪水潺潺。我穿过太子庵，走到了大王树下。

想起自己的余生，我握紧手中的拐杖。

我累了，怀抱双膝坐在台阶上，等候一个说话的人，一个牵手的人。

连日的雨，停了——

原载于《星星·散文诗》2020年第9期

南海月下

幽夜。保亭蓝城山语泉小区的墙外，沸腾的虫鸣堆成一座小山，几粒灯火在山中钻孔。一片池塘的碧玉是寂静的容器。倾听，是我幽夜之存放的方式，奢侈的耳朵有一点铺张。

北方的故乡，昨日又下了一场大雪，我忍不住，与这里的虫语冰。从前，它们并不知道雪这玩意，现在它们知道了我念想的玲珑，沉思中的千里冰封。

耳听虫鸣，心系大雪，真是趣味，意念与现实对立而统一。大雪与虫鸣于我可以兼容并蓄，南方与北方，明月放在手中认真掂量。

手上酒杯，可饮芳菲，

心灵玉壶，可盛虫鸣。

原载于《上海诗人》2020年第3期

回到天上的水（外一章）

鸟喝了大地的水，把水带到天上飞，鸟作为天空会飞的脚印，鸟里面的水，写出了天空脚印的血、汗、茶。

喷泉站起来，喷泉身上有波浪的骨骼支撑。喷泉用芦苇花一样的身材，要走回天上，虽然半途而废，但喷泉身上的水变成水蒸气的那一部分的的确确去了天上。很多水不声不响被阳光穿上，回到了天上。因为天上有白云的子宫那么舒服的住所。

树的未来

一根打狗棍回忆自己曾经在树身上枝繁叶茂，吃过暴风雨也吃过阳光。这根打狗棍来到一个地方咬一只咬自己的恶狗，这恶狗就像伤疤到处乱贴，当地没有动词面对这狗，当地的动词都恐惧、胆子小，不敢撕下这活跃的伤疤。这根打狗棍在树上作为偏旁的时候，边上的树枝都成了火焰，温暖过。树苗的未来可能是一张床，可能是一副棺材；树苗的未来可能是硕果累累，可能是氧气蹦蹦跳跳。从树尖可以看到，树的未来是天上。鸟来到树身上，天空给树安装一颗心，一只鸟，一个窟窿，鸟给树带来鸟巢的窟窿。鸟作为心，窟窿把树带到天上飞。在天上飞的树，大概就是树的未来。

原载于《星星·散文诗》2020 年第 4 期

岳阳码头（外一章）

终于忘记了承诺，关于忧伤，到处都是良辰美景。

和你一样，我正在学习接受，将第一万次离开，成为一个缺席的罪人。面对春天，已经无话可说。

迟到的芬芳没有复述出花园，为什么海水退去，我却没有看见影子。彩虹里的森林，长出了日子，虚构的皱纹。

风每吹起一寸，黄昏就老掉一分。谁会是永生的天使，做我不败的对手？

夕阳在河流里匍匐，芦苇布满伤口。咿咿呀呀的戏文中，大幕拉起，主角哪个不是自己。

高山青

站得越高，我越不能看清自己。

高度产生出了恐惧，每一次上升，我都选择后退。我不知道自己害怕些什么，所以，你也不用回答我。靠近真相，距离赞美越遥远。

大火烧掉了远方，火焰里的舞蹈，无比绚丽。是你赠予了我想象，仰望群山时，有了攀登的理由。

你能看见什么，什么就消失了。黑夜不曾移动脚步，太阳却就要出场，爱情高举着黎明。

一幅美丽的油画，只剩最后一笔，卷面上的天鹅为你等候。

一首轻快的音乐，在笔墨中诞生，你双手合十，怀念一片草原。

原载于《上海诗人》2020 年第 1 期

碎片归类（外一章）

无论如何，庄稼的脸上还保存着我们饥饿的记忆，这就是好的。——这叫薪火相传。

碎片也可以归为此类。"一个时代的碎片，整体上不会大于它的部分之和。"这好像是博尔赫斯说的。在这儿，它只是一个"象征"，一个象征的碎片，只对"象征"和象征的对象负责。

——各式各样的象征，就像各式各样的庄稼，它们养活了时代又将之敲打成碎片——游离、紧张，仿佛麦芒裹着灯火，附着于马头或马头琴之上——各取所需。

——因为时间也是碎片，无数的碎片，构成了每一个人的空间站和生命链。

现在，问题来了。问题像碎片，轮番围攻着我们。"瓜田李下"是一种纠正谬误的传统手段吗？"高山流水"呢？——十个儿童渴望得到的回答，总是被一场透明的雾阻隔。——破烂的脸色，一个被瓜分的表情城堡，十个儿童跑进跑出，成为我们欲言又止的困境。

好在无论碎片来自种子，还是生长，庄稼那永远悲苦的脸上总是保存着我们饥饿的记忆，这就是救赎，甚至是一种圆满。——在它结满粮食的脸上，儿童们也许会找到一个全新的答案。

垂直使用词语的人

垂直使用词语的人，很少能制造出象征或隐喻的夹角。——他们垂直使用词语像正午十二点的太阳。——蜥蜴爬行的速度被缩小，或者直接被忽略。一块搁在石头上的面包，放大了旷野的饥饿。

鹰异化为温顺的鸽子，歇落在我们的衣襟上，优雅地啄食着词语（被肢解的香味儿），河流改装成一个抽屉，装满了雾和废弃的鸟叫。

面孔朝前或向后都不影响一座建筑的口感。——词语是垂直落下的，就像风用一根绳子吊起了水塔；肃穆的树木竖起了衣领。

原载于《星星·散文诗》2020 年第 3 期

照相底片（外二章）

在照相底片内部，有一个黑白颠倒的世界。那里，太阳是漆黑的。光是暧昧的。枝丫是树根的轮廓。云是水的城堡。人以苟且的影子呼吸……

死者从漆黑地狱里爬回来。老人返回母亲的子宫。尘土里的头发逆向飘回头顶生长……光以朦胧的轮廓倒叙黑暗。

手无法从影子的反向世界里抽回，聆听它在照相底片里的溶解，都是时间的呻吟……

棋　手

置身于空棋盘的罗列当中，天空像颓废的棋手沉睡在棋格的缝隙里。

四顾棋盘空无，突然想起，那不可一世的马后炮呢？那势不可挡的当头炮呢？那步步紧逼的过河卒子呢？那横行天下，车辚辚、马萧萧的"车"呢？

只有遥远的楚河与汉界隔开天空与大地。只有匍匐的蚂蚁如最后的棋手厮守着这一角沙场。只有落日如醉酒的楚霸王以一团晚云继续表演霸王别姬。

"我只是一个没有退路的卒子呢。"他低下头，嗫嚅着想。"世界因为一盘残局的虚幻而如此矫情。"

他垂头向棋盘深处走去，才走几格，棋盘突然塌陷。他向棋盘塌陷的裂缝里望下去，啊，一道炼火滚涌的深渊，真正的楚河汉界啊。

旅行者

一生的旅行一定从自我的身体始。

自肩膀始。那里有一个入口，斜斜地楔入左胸腔的肋骨处。肋骨后有古老的红磨坊与呼啸的风车群。

沿着身体的中轴线，穿越脑海里的鲨鱼群与血液中的美人鱼，抵达生命的子午线。有时在趾甲缝里采蘑菇，有时深入鬓角里仰望原始森林上空的浮云，有时在眼睛的深水湖里垂钓银河上游的鱼群。

身上布满与生俱来的悬崖和与生俱来的深渊。悬崖与深渊都是孤独者的天然景观。那里的海拔，经纬线与野生动物群落至今未知。

脚印在卵石上雕刻天空的幻象。十指在苔藓上烙刻云的名字。喉咙在深山里呼唤雷电的小名。没有驿站，没有起点，没有终点。渴了，喝自己的血吧。饿了，吃自己的肉。

日渐伛偻的脊椎已把生命压紧成最后一块压缩饼干，供养自己。

已经抵达一生的天涯海角。但偶一回首，晚年的风景依然是最初的风景。

原载于《星星·散文诗》2020年第7期

草木之心

焚烧——

沉沦之后，重又气聚神凝。不假外求，我有一颗草木之心。

不过，于狂歌中追逐韬光养晦。谈何容易？

心为形役。忿欲是剧烈的颠倒。

而"万物体量无穷，时序没有止期。"

狂风吹动衣襟，如何能不让其摇曳自由的意志？

世传南华有散木情结，可"材与不材之间"如何才能够分辨得清？

还是草木之心最得人心呀！

不紧不慢，欣欣然陶醉于功成身退的幽期。

原载于《青岛文学》2020年第5期

看不见尘世的马

　　它到底能不能看见——通往村庄那长满蒲公英的小路，路边水洼里月亮黯淡的面孔，那些飞起的蜻蜓轻薄的翅膀，袅袅升起的炊烟被风吹散时的不甘与挣扎。它是否看见了这一切？当我躺在它的背上，仰望着天空中飞翔的大雁，听见它们的长鸣，它是否也和我一样充满了莫名的悲伤。

　　一匹看不见尘世的马，却把整个尘世都驮在背上。它什么也看不见，但是又什么也逃不过它的眼睛。当我的母亲因为少收了一担玉米而哭泣时，它用头轻轻地撞击着她的肩膀。当我的父亲因为醉酒而在河边迷路时，它用牙齿撕扯着他的衣襟，把他带回村庄。当我因为恐惧夜晚的黑暗而在独自回家的路上战栗时，它仰天长嘶，叫醒了所有的星星。

　　看不见万物的马，却以无比的悲悯，爱着它们。它独自走在田地里，四蹄从容地避开那些在风中战栗的小苗。它独自在河堤上徘徊，但是从未因此而掉进水中。它独自在雷电中穿行，但是从未被击打过胸膛。它独自在草原上行走，没有一次不叩拜我们的祖坟。它独自仰望天空，但是没有一滴雨水敲打过它的额头。

一匹看不见天地的马，却执掌着白昼与黑夜的轮回。夜深时，它独自在院子里，很少发出声音。它守望着虫蚁和默默生长的草木。它是一个看守。它是一个从不淘气的孩子。它也宽容过偷马的盗贼，当它们抓起缰绳，它只是轻轻一弹，他们就回到了尘土里。当晴朗的一天，它拉着木制的板车，装满粮食和布匹，走在通往公社的路上，没有一片火烧云不做它耀眼的披风。它高高地扬起头颅，那闪亮的马鬃，呼啸着穿过了整个原野。我们被火焰紧紧地包裹着，温暖着，仿佛冬天再也不会来了。仿佛世间所有的烈火，都在为它燃烧。

一匹从不说话的马，一匹从不落泪的马。我们常常相对而坐。它两只干枯的眼睛，紧闭着。它很少看见谁，它也很少去看见。我相信，我的枣红色的马匹，它的眼睛只是紧紧地闭着，因为一匹马是不需要看见什么的，它把全部的人间世事都驮在背上，都装在心里，它还需要看见什么呢？很多年以后，我们在梦里有过一次重逢，它微笑着，正在我家的老屋前凝望远方。

成吉思汗点将台（外一章）

寂静，拓展以北的辽阔。

奔腾不息的喀纳斯河，日日夜夜，浪涛声沿着陡峭的石壁不停地攀缘而上！

高处，月，如一把弯弓；雕，也飞回来了。

人，不在。

英雄本色，渲染江山。

豪情如这浪样满沟壑哗啦啦响。

风起，手持一截子红柳木，剑一样，指向苍穹。大喊一声：出发！

天空，一道闪电划过。

顿时，看见埋入沙土的箭镞，拍打掉锈迹斑斑的风雨站起来。

岩面，人的影子大麦一样晃动；万木挺胸出发，一排排如远古的将士，向着更远的北方。

北方，以北。

星星，在风中摇了下来。

溅起淡淡烟尘。

布尔津河

哪儿来的，又到哪儿去？

一个劲儿美丽地流着！

站在布尔津河旁，一个人就是不知道时光在流。

一块上岸的石头，圆鼓嘟嘟的，定是装满了水声。在布尔津，才知道石头像羊群一样，在水里饮食涛声。一朵云背着一道子弯弯的彩虹，湿漉漉地放到水底深处，雷雨过后，又赶紧挂在天上。在布尔津，我发现彩虹住在河水里。

河水提来一盏盏灯，把两岸的葵花地照亮。

朵朵葵花，为更多赶夜路的人照亮。

一个肩膀上挎着绳子的人，匆匆赶路。

然后，盘结起来，悬挂在后院风雨斑驳的墙上，左看右看，像把拧干的布尔津河悬挂起来，耳朵按上去还听到阵阵水声。

原载于《星星·散文诗》2020年第7期

万水千山徐霞客

江南三月。万物有光。

鸟鸣落到大地绽出新芽。翘望远方的徐霞客，衣衫徐徐，如空蒙的帆影，倒映在如海的碧蓝天空。

我从遥远的北方来。

三百多年后，我仍是徐霞客的随从。

空空的小船静静地卧在深邃的时光里。徐霞客似乎看见木桨拍打着水面。催人的桹声声声急。

别后山高水长。徐霞客站在船上，举头看见一朵白云始终跟随。云卷云舒，似故乡的灯火。芦苇与蛙鸣，是游子携带的故乡炊烟。

万古沉睡。山水鸿蒙。

第一个闯入者，与野草和阳光没什么两样。向大自然取经，徐霞客的双腿恍若木鱼。为流水启蒙，为群山命名，徐霞客当为开天辟地者。

夜晚栖身破败的庙宇。星光为滴漏，山风翻动大地的辞章。佛像无语，萤火遥远，此生只为一束光前行。

一个人，在孤绝深处与天地融为一体，近乎神。

三十多年，日月经天，双足患疾，他的钙质补充到了大地。

五十一岁，徐霞客当时的年纪与我如今相仿。游记里的词语返乡。还有那么多的词语，再也等不到他的纸张和如椽巨笔，终生流浪且彷徨。

原载于《散文诗》（上半月刊）2020 年第 3 期

春秋来信 (外二章)

你可曾在我的记忆里转身?

风雪反反复复提到十月。每年的此刻,你都是我的同义词,并贡献出清亮的下弦月。你等待我饥馑地到来……

十月,白银万顷铺洒北方大地。

一颗在雪野的伤口上徘徊千年的流星瞬间划过。

或许那就是我的灯盏。

风

给人以足够的力量,并吐出莲花。

人们从远处循声而来,有悲戚的,哀怨的,愁苦的,欢笑的,安宁的,有遗失的使命,寒冬冰冷的气息穿肠而过的存在感,有病症的不离不弃……

有你,有我,有无数个此消彼长的灵魂与肉体在追问——

我从哪里来,又到哪里去找寻回家的方向?

中 年

草木清凉。

从出生到中年，我观察过一朵云浓妆艳抹的一生——

为适应沉默的空气，以一种大而永恒的姿态审视我，任何死亡都不再具有意义。一个屠夫如是说：

黄昏已经到来。

原载于《星星·散文诗》2020年第11期

太阳之播（外一章）

极力铺张，其势若遮天。

狭促的乌云抖开它阴暗潮湿的翼翅，若掷出千柄锈断的长矛，猛地斩断太阳投向大海痴癫火辣的目光。

海上，那些狂放恣肆年轻的裸舞者们顿时黯然失色，终至于身心俱疲彻底地崩溃了。

太阳，奋然扶起那张古老而荣耀的犁杖，于畜群般涌动着前行的乌云脊背上，种植它无法排解的相思，一颗颗地，播下去！

播下去！

播——下——去——

勇武的吆喝。明眸闪忽。

沃野千里。犁浪翻卷。一次生命的盛宴经久未歇遂演绎为欲望的风雨征服的狂涛。

一颗颗希望的种子金色箭镞般倾泻而下，在大海颠颠战栗的乳峰上扎根，发芽……

齐天涌起的垒垒浩波间，一群葱脆疾骤的鸥鸣，贴近若水帘洞般晶莹夺目、险象环生的涡流底部簌簌地掠过——

撞落浪开浪谢雪片纷飞的树树梨花，衔走阳光般灿烂辉煌的穗穗果实。

蝶恋花

喏，美艳耶如花。

浪荡仔？还是逍遥客？

——原来，不过是一只穿着打扮入时、花枝招展、活泼轻佻的蝶，晃晃悠悠，起起落落，徘徊在春光明媚、百花盛开，像蝶群一起栖落般五彩缤纷的园林小径。

花窃喜。乃以蝶一样娇艳迷人的笑靥，与它那刀锋般犀利的目光，将那只似乎已有些醉意洋洋昏昏沉沉，在空中胡飞乱舞的花之蝶，击中。

蝶落花前。

颤瑟瑟地，几分感动、几分满足地，啜吮。

梦幻迷离耶。是花，堕入蝶煽情的翅膀发出的淡淡迷香；还是蝶，生死不舍花蕊深处一滴蜜的浓情？

抑或是，一个资历尚浅的诱惑者，被另一个世故老辣的诱拐者引入了一席精心安排的鸿门盛宴？

——又好像是：某位凡念未了的山居隐士，借此酩酊大醉，疗养因错失某回美好邂逅落下的一块心病。

原载于《星星·散文诗》2020年第4期

子夜巫歌（外一章）

　　如果不是风醉人间，我不曾驻足，也不会窥视那盏高傲的灯。

　　长安的钟声如影随形，余音在摇曳、回颤。

　　我的手，是一把自唐自宋自元自明自清传至今的马头琴。

　　我的歌，是一阕在南门外邂逅游魂的词曲。

　　子夜的街是一组盛大的词，词语的酒杯里盛满古都的虫鸣、酒徒与生活的苦涩。墙脚下枯萎的喇叭花，让我有了莫名的醋意：它们三两成影，我却只身一人。

　　历史厌恶所有活着的声音。眼前的一缕明城墙，拽着我斑驳的手，迟迟不肯松开。

　　倚在墙下，躺在子夜怀中，我抱着满是补丁的明月。

少年游

　　儿时的青梅，早已在别人的枝头，熟了。
　　我们的竹马，一直还在故乡，空着。
　　只有我能听见，月亮落下时开出生锈的铁花。

图书在版编目（CIP）数据

2020 中国年度散文诗精选 / 龚学敏，周庆荣主编.
——成都：成都时代出版社，2021.5
ISBN 978-7-5464-2802-4

Ⅰ.①2… Ⅱ.①龚…②周… Ⅲ.①散文诗—诗集—
中国—当代 Ⅳ.①I227

中国版本图书馆 CIP 数据核字（2021）第 073598 号

2020 中国年度散文诗精选
2020 ZHONGGUO NIANDU SANWENSHI JINGXUAN

龚学敏　周庆荣　主编

出　品　人　李若锋
责 任 编 辑　李卫平
责 任 校 对　张　巧
责 任 印 制　张　露
封 面 设 计　许天琪
装 帧 设 计　成都九天众和
出 版 发 行　成都时代出版社
电　　　话　（028）86742352（编辑部）
　　　　　　（028）86615250（发行部）
网　　　址　www.chengdusd.com
印　　　刷　成都市金雅迪彩色印刷有限公司
规　　　格　145mm×210mm
印　　　张　7.125
字　　　数　110 千
版　　　次　2021 年 5 月第 1 版
印　　　次　2021 年 5 月第 1 次
书　　　号　ISBN 978-7-5464-2802-4
定　　　价　58.00 元

谁会是永生的天使，

提来一盏盏灯，把两岸的荞花地照亮

月光下两颗星星住进了一个琥珀

又掉落下一片铁锈

盘绕交织着远古的故事/常春藤攀爬的斑驳

最勇猛的骏马

水杉芦苇，肥瘠相宜。一抹清辉浮动

没有任何阴影高过爱情